山河映画

雪小禅——著

江苏凤凰文艺出版社
JIANGSU PHOENIX LITERATURE AND
ART PUBLISHING

这是在美丽人间的生活，好也罢，坏也罢，都要走过去。那么，自己走吧，哪怕深一脚浅一脚。哪怕，此一时，彼一时。

诗意地过一生，

把自己过成一种生活方式，这才是对光阴最大的敬意。

也许遇见一段因缘需要好多年，也许遇见自己要一辈子。可是，如果遇见自由行走的花，那麻的白的长衫，走在春天里，即使再远，那同类，也会闻得到，看得到。

花开花落，光阴无情，山河无意——然而，我有情，我有意。我在光阴中，找到一种要命的吸引。我的身边，站着那有情有意的物质——那些自由的空气。记载了孤独与寂寞，繁荣与茂盛。

人生如河水滔滔而去，而夜色总是无垠。站在时间之河的这端，我愿意顺流而下或者逆流而上。我愿化成一页岩化石，或者夏天里最茂盛的植物。最终，所有的人，所有的事物都将消失于时间之河。感谢内心，我选择了最寂寞的呼吸方式生存。

每个向往远方的人都是一个梦想家，具有别人永远没有的缭乱和动荡气质。我欣赏的摄影家肖全曾经说：“我愿意在路上，我愿意找到一种确定。”浓烈华丽，凄然惆怅，刺激新鲜，陌生疏离，这些都是在路上所遇到的，一边动荡着，一边安慰着。

特别迷恋一个人在路上的时光。飞机、高铁、汽车、拖拉机、自行车、牛车、马车，什么样的交通工具都尝试过。陌生的城市、县城、小镇，陌生人的微笑、哭泣、花朵、倾诉。真好啊，那迷人的陌生。常常游荡在这些陌生街巷，在街边吃苍蝇馆子、大排档，然后不停走啊走。看花、喝茶、拍照。享受那些单个的孤独，经过这些陌生的排列组合，有了说不清的味道。

世上有植物繁荣次序生长，心里有光阴日月长。人生画卷，一一展开，那底色，会越来越简单，那这简单，才是人生真味道。

序言

雪小禅的山河日月好光阴·王艺

写小禅，是文字的冒险。

甚至，有可能是对小禅粉的冒犯。

我的文字，简单到粗暴，骂人的那种。我写了几十年，也就骂了几十年，不招人待见。偶尔碰到读过我文字的朋友，人家顶多说几句客套话，说好玩好玩。

好像说的是一只敲锣的猴、一个天桥撂地，崩铁链、咬铁条的卖艺人，要不就是在大段华丽丽、字正腔圆、有板有眼的唱腔之后慌慌忙忙跑上台来，捏着京白嗓子，咋呼呼的小花脸。

小禅的文字不一样。

小禅的文字，让人疼痛。

疼痛是什么?

疼痛是深情。

对自然深情，对万物深情；对所见深情，对所得深情；对过去深情，对未来深情。

人们寡淡的生活，急切的行走，不驻足，不回望。

因此，没有深情。因此，也就不会疼痛。

这似乎成了现代人保护自己的一种方式。

但小禅，她毫不畏惧，她试图一层层剖掉世人经年累月铸造出的铜墙铁壁，她要世人直面身体和心灵的本真，她要用这些文字唤起这个世界最初的山河日月好光阴。

所以，她校园讲座的足迹遍布全国，她对这个世界深情的厚度，也随之越筑越高。

所以，她丢掉盔甲，全无防备地去感知、去触摸、去聆听。

小禅说："写作的时候，自己像是一个提灯人，行走在各个城市，打着灯笼寻找自己前世的故交，劈面相逢之际，莞尔一笑，如露如电。"这是小禅与古人的照面，它们温暖的性情，厚重的积淀，就是这样恰好被小禅捕捉到了。

小禅的文字没有冲突，没有壮怀激烈和大义凛然，有的是平和、淡然和日常，因此她的生活是美好的、简单的、纯粹的，是即使疼痛了，但仍然心怀感激、常怀深情的。

心为什么会这么安静呢？我仿佛看到了小禅竭力带给这个世界的所有的美好，她所希望的山河日月好光阴，是那么的平和，那么的日常，这太迷人了。

小禅是文人，同严格意义上的知识分子是有区别的，她不批判、不突进，她优雅、淡定，她热爱生命、感恩遇见，她珍惜万物、敬重过往，所以她有文人的家国情怀，那是笃定之后的深情，是温柔而坚定的；她还有小女人的细腻敏感，那是一次次撞击心灵之后的感同身受，在泪水中混合着喜悦。

在她的写作中，我不止一次看到她为了别人的深情岁月情难自已，眼泪在冷风里飞着；她不止一次地为了别人的孤独而心疼，难过像潮水一样涌来；她还不止一次地为了不可期的重聚郑重承诺说：“我来，我一定来。”

我喜欢小禅的文字。

想学着写。

学不来。

燕国寿陵有个少年，到赵国邯郸去学走路，最后别人的没学会，自己的也忘了。邯郸人走的不是姿势，邯郸人走的是气质。

命里带来的，拼命也学不来。

况且，匍匐在你敬仰的人脚下，也不是什么丢人的事。

那就爬着回来。

好玩。

只能爬，接着爬。

爬格子。

爬自己的格子。

目录

contents

伍·江山如画

叁·四方五味

肆·表里山河

好生活是：

做一桌温暖的菜，

煮一壶滚烫的茶。

壹·烟火人间

生活不是你看到的华丽和表象，它有很多琐碎、不堪、潦草，有不习惯和难以忍受……要写作、画画、洗衣、做饭，要整理花草中的肥料，生活不是诗和远方，是脚踏实地，是一粥一饭与一人相守。

理想生活

我想了想，我的理想生活大致是这样的。

有家，像有一盏黄色的、温暖的灯一直亮着。家在不远不近的郊区，最好有小院儿，院中有坛坛罐罐、花花草草，有篱笆，篱笆上开满青藤和喇叭花。有犬一只，猫两只，鹅一只，鸭一只。房前有法桐、玉兰、樱花，房后有菜田可种菜。可望得见夕阳中的远山，可闻得到邻里的炊烟。

房子是自己设计装修得最好，茅草房、泥墙，从前的万卷藏书不要了，只枕边放几本闲书即可。屋内陈设不必过多，删繁就简，一桌一椅，皆是陈旧老木手工打造。亦可置一榻，闲散时喝茶吃酒斜卧闲谈。屋内挂一画足矣，自己所画的小画，或梅或莲或菖蒲。

如有水最好，哪怕只是小溪，可去溪边采野花，可带爱犬散步。厨房要得体，器皿要佳。一日三餐，亲力亲为。写字画画唱戏时，锅里永远煲着汤，萝卜的香味弥漫着。愿到八九十岁时，依然有对美食和厨房的向往，醒了嚷着要吃红烧肉——愿一生都有身影忙碌在厨房。

有爱，轰轰烈烈、浩浩荡荡地爱过。在爱情里永远保持最初的本心和天真烂漫，有清澈见底的天真与明亮，到老还一往情深，有初恋般的热忱。到八十岁对儿孙说："今天去跳舞，看见一个老头儿又帅又迷人……"

有趣，一生活得风趣幽默，把所有风霜雨雪变成心里的彩虹，含笑唱江湖，自黑自得，用有趣的方式过一生。

有情有知己，赏心三两枝。不滥交朋友，就那么几个掏心掏肺的人。你说明月，他说前身；你说挑灯，他说看雪。有琴棋书画诗酒花，可对弈、唱戏、画画、写诗、看花、焚香、品茗、听雨、赏雪、观月、酌酒、莳花、寻幽、抚琴。存几十年的老茶与老友一起品尝，他吹箫我唱戏，二人鬓已生白发，一笑还是狡黠少年样。他提笔写禅园听雪，我在旁捧茶看画。

有远行，一年要无数次远行。只要能走，就一直在路上。看山川河流，看草木情深。去每个城市的街边、小巷中逛地摊、吃小吃，到八十岁依然环球旅行。不惧怕光阴衰老，永远怀着远行的心。

有少年心，接受新事物，有很多小伙伴，也白日放歌，也通宵达旦。有一种必须忘记的东西，叫年龄。

有光，越来越闪现植物朴素的光亮，葆有干净、热情、明亮、饱满、坚韧的特质。在八十岁勇敢地穿着旗袍、球鞋，还去大学里做讲座，并且更风趣、更生动、更老顽童。

还有，一生从事自己喜欢的事业。每日笔耕不辍，戴着老花镜还要写，满头白发了还要写，还要画，还要唱戏，还要有很多很多爱，还要走很远很远吃一碗牛肉面，还要看到花开便兴奋，还要一直有抬头看云的心情。

然后老了，然后无疾而终。

这样的一生，是理想的一生，我等着。

晨光美极了，窗花落在墙上，看了很久，听了几首朋友推荐的交响乐，猫在练它的爪子。我在做早餐，粥里放了青稞，简直不要太好喝。写了新的书法，尤喜『雅琴飞白雪』。沏一壶老茶，听段《野猪林》……很多时候，那是我的日常，平常。

妙人

妙人妙在其意其境，无论男女。若男人，是懂得种柳赏菊的这种，喝薄酒、读诗书；若女人，笔墨纸砚定喜欢，一张嘴能哼唱三五小段。

妙人着装，简洁明了。或素衣，或素面，绝不浓妆裹金，豪迈吓人，像冷银流水，端坐一旁，却闪着暗光。

妙人不多言，语一出，即惊四座。

妙人喜欢观俗世，愿听风声鹤唳，又愿闻小桥杏花流水。可怀思，又可怀亲；可远观，又可近赏。

不喜不怒，不远不近。妙人妙在能发现世俗之真趣，饮酒必以诗佐，往来定无白丁。可看人间四月天，又可赏天地大雪之飘飘。

妙人无年龄。你看她，四十也是，六十也是，二十也是。她笑，便可倾城，露出二十岁的稚。她哭，也是动人，像甜果凋落。语一出，又像六十岁，沉稳老练，吐纳山河红绿。那万转千回之下的翡翠珠宝，通通落在了玉盘之上，稍微盘点，都是上品生活之珠。

妙人难辨雌雄。她有男人的爽快，又有女人的妩媚。她有女子的阴柔，又有男人的朔风。那中性之美，浩荡缠绵，一眼看上去，男也喜欢，女也喜悦。妙人活到一定境界，先没了年龄，再没了性别。

妙人喜欢读杂书，妙在一个杂字，戏曲、绘画、养生、烹饪、美食、服饰……她定喜欢这万紫千红，不拘泥于一个世界的单调。

妙人友不多，三两知己，赏心只要这些足矣。知道与人交不可朋党，散心如水。妙人妙在不众，偶尔势孤，寡心淡淡，但心中是绿肥红瘦，寂寥也美。

妙人喜出游，或一人，或两人，不超过三人。走一走，又停一停。喜欢那不收门票的小镇，喜欢陌生，喜欢蹲在异乡街头和人聊天，谈天说地、品茶怡情。因为陌生，更多了一份闲情和逸致。

妙人喜发呆，常常一个人对镜发呆，不发一言，二十四小时自闭于一屋，偶尔听段钢丝录音，以为是故人，不分来生往世。发呆是妙人之更妙所在，无所思无所想，玉兰开了，蔷薇开了，月亮爬上来了……茶微微地凉了。

嚣烦尘世，独自成行，不成林，只一个人。你读或不读我，赏或不赏我，都已习惯。

立于风中，着短衫白衣，踏一双泛白旧球鞋，拎着半新不旧的自行车，一路狂骑，在街巷之中穿行，哼着不成调的曲子——管他呢，短发飞起来，似箭，嗖嗖地射向时光。

妙人喜植物，视它们如知己。莲是知心的妻，梅是懂她的姨，菊是她的妹……都是那嫡亲的人儿。菖蒲飞起来了，像她的心，在秋天里荡漾开来。

也喜欢画几笔，莲或者兰花，莲妖娆、兰清幽。只寥寥几笔，不管别人，自己喜欢就行。

也喜欢唱几段，没派没规矩，管他呢，又不是专业事戏之人。

妙人也喜欢旧，在琉璃厂里泡上一天，看古瓷、旧家具、旧画、木雕……怎么什么都喜欢，近乎贪婪地看着这一切？那手里正把玩着的，是一块老玉，上面雕一枝嫩莲，看着就欣喜。

妙人在雨后发呆，闻新尘之味道，看蜘蛛结网，看蜻蜓乱舞，心里也纵横驰骋，阡陌里种满奇花异草。妙人是不可名状的忧伤，带几分天真与狡诈，要多纯洁就有多纯洁，要多张狂就有多张狂。

妙人在亦正亦邪之间。

像春天，明明很放纵，却一脉天真，正是这一脉天真，让春天放肆起来。你敢说你不喜欢春天吗？它是天地间最大的一个妙人。

什么人可以不老？妙人。越老越有味道，像老中医，把准了生活这脉；像老戏子，一张嘴，调就极妙；像老汤，熬了一辈子，隔得再远，也能闻到浓香。

妙人是一个连五十块钱的白衬衣都能穿出仙人之态的奇女子，她不出场便罢，一出场，艳压群芳。妙人还是可俗可雅的市井人，煮一锅鸡汤，敷着面膜，读着禁书，听着冷雨……够艳够冷也够诱人。

妙人到老，那笑容巫气加重，那声音苍老得像一滴绿水，那着装呀，更是惊艳。她端坐蒲团之上，穿了艳丽旗袍，八十岁的妙人儿，俨然有十八岁之态。

落花人独立，遗世而孑然；我行我素，一意孤行；寂寞空庭春欲晚，梨花满地人俏立……端了一杯普洱老茶，看那妙人，翻着线装书，偶尔回眸一笑——你必惊住，只想呼二字：妙呀。

其实最寻常的味道哪里是那些大餐能取代的，连慈禧都想念逃往西安时吃的窝头，最草根、最家常的食物能养人的一辈子。也许，他到死怀念的只是一碗米粥，粥里有百合，有鲜艳的枣，还有她站在旁边，小心地看着锅，别让热粥潽出来。

老僧无戒

“我是孤独的，所以才如此热爱俗世的生活；而你是市井的，你的心里有长河落日圆。”每日心定如佛，煮老茶、听雨、修剪花草、清洗坛坛罐罐……再多的刻骨铭心也抵挡不了时光的洪流，唯有日常惊天动地，每日的俗事可以让容颜葆有平淡性感的力量。

素开很远的车带我去看莲花，因为有些话只能说给植物听。我在池塘边发呆，穿了新鞋子，一边看莲一边落泪，情不自禁。老僧也落泪，怀素吃了肉，喝了酒，仍然觉得不适合长安，在怅然中写下了《食鱼帖》。

朋友来访诉说失恋的心情，每一次都仿佛死里逃生，每一次又重新飞蛾扑火。爱情本身是自渡的修行，姻缘起落，又有谁能控制？此时是情漾似水，彼时是陌路。

与朋友聊天说起生死情欲，那么多人希望长寿，希望看到子孙满堂，其实有时不然。奶奶今年一百岁，她一生育有七男二女，所有人都说她有福气。但现在她瘦得只剩下几十斤，青筋暴露，而且患上了老年痴呆，常说胡话：“我十七就结婚了，陪嫁很多，还有很多青豆。”又说：“日本人来了，在饭里下了毒。”她抓住我的手喊：“你知道我怕狗吗？我们家有很多狗。”我抚摸着奶奶青筋暴露的手，无能为力。

曾是摇滚青年的他，年轻的时候与乐队的朋友们一起玩儿，后来有人嗑药、有人自杀……他退出乐队一个人去大理、丽江，开了很多年的客栈，后来隐居小城。现在的他，每天只拍一些照片，拍自己咖啡馆窗外的云，每天的云，每天只发这一张照片。

我年轻的时候也曾买醉，刺破手指写情书……所有的激烈都有过。渐渐平静，我看到花开富贵四个字就笑得很美，看到子孙满堂亦觉得是百姓家里的似水流年。真正的好生活不是文艺，不是虚幻，不是活在别人想象中，是脚踏实地地过好每一天。我愿煮好一款老茶、炒好一盘新笋、煲好一锅好汤……约人同享，看到楼下山楂落了，捡起来。

不过是岁月变成了生活，那曾经漂泊的、孤独的心，那曾经永远向往远方的灵魂，那曾经的不可一世和热血沸腾，渐渐在生活和光阴中化成平静的力量和温暖，却又是精神骨架里最凶猛的支撑，不可动摇。这惊天动地的日常，这老僧无戒的入定。

王维晚年隐居终南山，写下“晚年唯好静，万事不关心”。我少年时读，笑他心死，这样的生活，无趣如枯木。但我中年后再读却有了深情，枯木才有风骨。他将时光凝固，将那些哀愁、悲欢、枯荣、火焰、沸腾，化成了静默的力量。王维画雪，画的是雪的尸体，那些雪静若处子，一生只爱过自己，然后在平静中死去。每次看王维的雪，只觉天地皆空，人自清明。

茶人延延又去西双版纳原始森林中采茶了，她穿着胶鞋，穿着最坚固耐脏的衣服，梳一条麻花辫子，脸上没涂任何防晒霜。虽然只有三十岁，延延依然有一种铿锵的姿态。她告诉我：“雪老师，那年你和我来原始森林采茶，你的脚被东西咬了，流了很多血，我们一直告诉你是虫子咬的，其实是蛇。”我听了心里并不恐惧，只盼着再去一次原始森林，去和那些几百年、上千年的老茶树待上一会儿，再去看看森林里夜晚的月亮。

我希望那时我是一个人，与天地同行，与森林一起呼吸，看一眼老茶树，坐在茶树下，呆呆地看月亮。

无论多大年纪了，我一定要去。

那是我一个人的老僧入定。

会做饭不仅是一项技能，更多的时候是生活的审美和情趣，以及保持女子身上迷人味道的良方。经常在厨房转悠的女人，有对生活的温度和旺盛的感知力。厨房比书房还要迷人一些，我爱书房，也爱厨房。

我愿永远被你猜不透

我愿是光，逆光，你需要眯起眼睛努力看，但仍然黑茫茫一片。我又是金属，有不固定的属性，冷硬之外，是精神花园的光泽。我是植物，光合作用之下，闪现了说不出的姿态。我有时风情万种，有时沉默如钟，我偶尔在山河岁月里湮灭，偶尔在刹那间绽放出光芒。

请原谅我喜欢黑夜。黑夜中，我是一只冲向更黑夜晚的鸟儿，独自鸣叫，独自幽欢，真好啊！这莫名或不莫名的孤独，这立体或单一的孤独，它们复制了十万个，排山倒海而来。而我负责歌颂，用我美妙的喉咙，请允许我在黑夜里用声音点燃孤独。

此时我唱《春闺梦》，此时我唱《梁祝》，此时有什么能比孤独更奢侈？

我毕生追逐着这种奢侈，一万年不动摇。家中的花花草草坛坛罐罐分解着我的孤独，又加速着我的孤独。我和它们说话、倾诉，它们懂我，并且纷纷赞美我这孤独。

山本耀司曾说："我在女人身后追赶着她，如果她转过身，一切都将结束。正是这个原因，我只是追寻，追寻女人的背影。"

我是那个女人吗？永远只有背影的女人？或者，永远模糊不清的面容？我会有说不清的含蓄、羞涩、任性、坚韧、柔软、暧昧、饱满、残缺……

我有时是终日里漫游的白云，极目苍山外的春江花月夜；我有时是一幅宋元山水画，残山剩水间，有比时光还久远的一派天真和苍老。更多的时候，我或许是古画中闲逸的一笔，一番寂寥况味就那样飘逸出来。

多好啊，连我也猜不透我，我试图拿出时光的放大镜，却发现它在光阴中碎成粉末，有好多时光扎得我流血；有好多时光又像翠鸟鸣叫，绿色的叫声迷惑人好多年；更多的时光像哑巴，被安上了密码锁，连我自己都忘记了密码。

听《山中思故人》，在灯下临古帖，在哀伤中热泪盈眶，我自重自持自临帖，在不动声色中完成最隆重的怀念。

我愿在时光中大音希声、惜墨如金。一个人听古琴可以听出古意和远意，仿佛万朵桃花跌入山谷，随水而流。那空灵、深邃，荡入我的神经末梢，它们在我的文字里再次活过来，张力十足地复活。

有时我过分宠溺时光，让它肆意挥洒。丁酉春天，我一个字没写，就那样在山河间走啊走，仿佛时光没有尽头，仿佛时光是十万残荷，凋敝得让人猝不及防。

我又宠溺着自己的文字，让它们去谋杀时光，让我保持一个少年的样子。我不停地践踏那些回忆，然后淬取出最纯粹、最干净的那一部分，悄悄吞服。有很多光阴，我必须一个人怀念，并且，永生不说出它的样子。哦，不告诉，我不告诉你。

“我对那些卖弄风情的女人丝毫不感兴趣。”想想这两年，我穿同一款灰色球鞋，四十八块钱，从南到北，从东到西。上电视也是这双鞋，去做讲座也是这双鞋，走遍万水千山也是这双球鞋。后来一个叫草莓的女孩子一定要收藏这双走遍了千山万水的球鞋，我给了她。但又买了同款，仍然灰色，仍然四十八块。

这双球鞋见证了我光速一样的孤独，海洋一样的悲伤，樱花绽放般的喜悦，还有那被包裹得极好的性感。请原谅我对那些暴露的服装没有兴趣，那诱惑的妩媚多么奇怪。

真正的性感是羞涩、含蓄、含而不露，是高级的不动声色，是在黑、白、灰的隐藏中有一片火山，是冬天隐忍的梅，是浩渺、空旷、野性，是欲说还休，爱上层楼，是宽大飘逸的白衬衣中，那颗自由、羞涩、孤独的灵魂。

厨房里就有我生动的灵魂，长时间或更长时间，我晃荡在厨房里，这里有说不出的性感和光泽，这是多么诱人的秘密。那光泽是女性的、立体的，是充满了食物的复杂味道和光芒的。

在绿肥红瘦间炒出几个有雪氏味道的菜，在几个小时的光阴中煲一锅老汤，其间唱着戏听长书。

小满那天的菜谱真生动啊。

小满未满，我细心地做了黑椒三文鱼、龙利鱼、太湖银鱼、煎白蛋，又煎了龙虾鱼肉球，哦，还有扇柱。汤是鸡蓉玉米粒汤，甜品是雪山紫薯……盘子用了日本淘来的黑盘子，磨砂的光感；勺子是景德镇手工木勺……面对一柜子器皿，我脑海中会想象以什么菜品来配。

厨房里的器皿是贴心的情人，每次我洗刷它们时，都有生动的快感，我每次出差带回来的行李箱中，总会有盘子和碗。朴素的生活并非不奢侈，而是更奢侈，朴素的光芒永远是奢侈品所衍生不出来的。

我刻意保有对这些器皿的敏感和执着：云南的陶罐、四川的粗碗、江西的茶具、广州的木制品……它们是一种生活姿态，以朴素优雅笨拙的样子展现生活的迷人和性感。

在厨房中，我会安心，以一个厨子的认真对待菜品。你们说喜欢我穿着碎花衣裳在厨房忙碌的身影，我也喜欢。

我还喜欢在园子中散步、游荡。搬了新家之后，园子幽美、清静、空灵，晚上只有几个人在散步，没有了广场舞的热闹和喧嚣，没有了大众的热烈和吵吵嚷嚷，连空气都清冽了起来。

每至深夜，园子仿佛是我一个人的园子，我一个人浅吟低唱，我一个人游园惊梦。

园子里的四季被我画进了时光里。

在春天，杏花开了梨花开，我曾经站在花下泣不成声。且与花说、且与花语，花朵用销魂的离别安慰我的绝望和悲伤。

在夏天，我在池塘边看睡莲，煮了老茶，看夕阳落下去，那绽放出来的余光点燃了那些相思和想念。

秋天的园子真美啊，秋声中，我在雏菊丛中独自地笑，山河万朵，每朵都刻骨铭心的寂寞。

在冬天，池塘中有寒鸦，有鹤影，有纷纷扬扬的大雪。

我站在湖边，孑孑独立，将所有心事封存，用时光窖藏，连自己都忘了来时路，请让一切销声匿迹，请让值得的瞬间刻骨铭心。

园子成为我的知己、情人、陪伴者，更长的时间，我停留在园子里。那条小路有多少块砖我亲自数过，开满了石榴花的窗口我站了很多次，大朵大朵的月季花被我一次次路过……我嘲笑着它们的没心没肺，它们嘲笑着我的百年孤独。

可是，恰恰好。

恰恰好的园子遇上恰恰好年龄的我，太年少了，我担当不了它的丰富；太老了，我享受不了它的风情，此时，我们相互映照，相互温暖。在某个合适的瞬间，我在星空下，提着自己庞大的孤独，涕泪滂沱。

那些灰飞烟灭，那些哀伤，那些痛楚……都化成高贵的平静和花开富贵的笑容。

我尊敬那些尝遍人生百味的女子，从不展示自己的伤口，而是优雅地穿上旗袍，鬓边别一朵栀子花，在最坏和最好的时光里，煮一款三十年以上的老茶，以最优雅最隆重又最有仪式感的姿态，款待时光、款待自己。

山河万朵，我愿最独持，永远被你猜不透，永远以最谦卑的姿态，骄傲、寂寞地活成那唯一的、不可捉摸的样子。

猫喜欢陪我画画、喝茶、听戏，有时候躺在我身边打呼噜。常常有中年女人问我怎么活好，因为上有老下有小，面临更年期，儿女结婚生子等很多很多问题。我想，做自己就好，既当参与者，又当局外人。生活不容易，且过且总结。

风中的鸟巢

我真喜欢那些风中的鸟巢。

在冬天的荒野里，在肃杀杀的寒风里，我看到那些枯枝上的鸟巢，挂在树梢上，看着岌岌可危，无限孤单，但又具有饱满的、坚挺的力量。

它在风中，在一片枯黄的、冬天的树梢上，独自承担风给它的力量。我喜欢那鸟巢的样子，圆圆的，有毛刺，不规则，在茂盛的夏季和秋天，鸟儿们一点一点衔来树枝，然后和着唾液，一枝枝地搭着——这是一个多么巨大的工程！

那些风中的鸟巢，多么疏离，每隔几十米就会突兀地出现一个鸟巢，黑黑的，远远看去，很孤单。

可是，我喜欢那孤单。

那是应该有的孤独的样子，它独立于时间之外，好像偌大的冬天只有它了。在空旷的冬天，我路过那些鸟巢，路过那些孤单，好像我也是一只风中的鸟巢，游走在这冬天的寂寞里。

这鸟巢像我喜欢的歌手林志炫的歌，足够寂寞，也足够打动人。我在听这首歌的时候，常常想起那些风中的鸟巢。我在那些歌声中游走着，凉凉的，薄薄的，感受这风中的冷和凄然。但真的很好，那些风游走在蚀骨的寂寞里，和那些鸟巢一样吧？我坐在车里，车里的空调开得很足，不，不冷。那些鸟巢在寒风中偶尔抖动，但不会掉下来。它们高高在上，它们在冬天里，但又在冬天外。

这样的寂寞其实蚀骨，但又别有风情，似大雪天一个人行走在天地间，北风朔骨。我把车里的空调开得很大，热气扑到脸上，Koaly 的声音很空灵，似一条小蛇伸到我心里。她带着印度特有的神秘和巫气，带着前世的一些味道，款款而来。声音是紫色的，略带忧郁，又一声声让人心醉。在关键的地方，一下能击中你，动弹不得，可真好。

它和鸟巢相辅相成，都孤单得很饱满，恰如其分。

有一个人说："无论睡在哪里，我都睡在夜里。"这句话让我想起风中的鸟巢。无论睡在哪里，它们都睡在风里。

想想吧，睡在风里，像一个人的名字，是的，林风眠。他喜欢自己这个名字，他说，就是小鸟在风中睡着了。他说的风，是春风。

但鸟巢是睡在冬天的风里，更有一种意境上的美感和孤清。有些孤芳自赏吗？有！有些文艺吗？当然也有！可这是文艺，不是装的，不是小情小调，是刻骨的！是带有腐蚀性的！它侵略了我的灵魂。

我在路上，在冬天的路上，陪伴我的有这些风中的鸟巢，还有那永定河边的一排排枯树，桑树、柳树、槐树……都有古意。旧得让人可以发呆，黑黑的树皮皲裂着，我试图走近那些树，那些风中的鸟巢，可我知道，走近了，一定没有了现在的荒凉味道。

它们就应该在时间之外，在冬天之外。

我只喜欢那些冬天的鸟巢，它们和春天、夏天、秋天的鸟巢不一样，春天的鸟巢还单薄，夏天的太狂躁了，秋天稍显俗气的热闹，只有冬天的鸟巢，显得这样的饱满又这样诱人。

整个冬天，我很多时候特地去路过那些风中的鸟巢。我习惯了它们的姿势，有些过分的清高和薄凉，稍微有些弱势，可是，恰到好处。它似一个寂寞的男子，人到中年，无人能知了，无人能懂了，人前是欢笑的，颓败时，就做了这样一只倾世独立的鸟巢。

如果你没有绝世的容貌，那么你有绝世的姿态也是好的。这样想的时候，我打开一包雪茄烟。我不是抽烟的女子，但喜欢这孤独傲世的雪茄烟，它和冬天的鸟巢如此相配，我点燃一支雪茄，试图加速这孤单的速度。在这冬天，在这空旷的田野里，其实，我试图做一只冬天的鸟巢。

我身边剩下的东西越来越少了，是我刻意减去那些不必要，我才知道生活中的不必要原来这样多。它们占据着我太多私人空间，霸占着我的精神硬盘，到现在我才知道，我只想做这样一只风中的鸟巢。

不沟通，不逢迎。冬天的旷野里减去了很多东西，就剩下这一个小小的鸟巢。把自己放在里面，独自、很独自地发呆。我忽然很羡慕那些风中的鸟巢，它任凭世间如何繁华，一直在那冬天的树梢上高高地挂着，寂寞都寂寞得这样风华绝代！

我安静地活着，

像一株就要面临秋天的植物，

倦怠，懒散。

因为，一切终会过去，

包括时间，包括所有的人，

所有的事情。

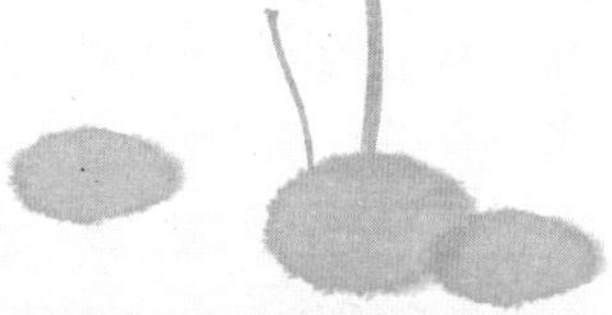

贰 · 山河壮阔

日影中泡杯老茶，屋内四白落地，一茶一室二人二猫，又素又简，万卷书早已在心中，万里路早已走过，偃仰啸歌，兀坐空灵禅意。庭阶苔痕绿，往来不过三五人，明月之夜，去听松风、看月影。

北京：皇城之都

我是喜欢北京的，北京有一种浓重的大气，很磅礴，很气势，像压得住场的老生一样，一出场，就凛凛的。这一点，任何城市都不能比。

并非因为皇家气派，当然，红墙琉璃瓦抬了气场，重要的还是人，慢悠悠的，并不在意的神情。北京人流露出来的不在乎和自信来自心里，语调很平、很稳、很无所谓，我喜欢听北京人说话，街道大妈都透着自信和悠闲，不，一点儿也不自卑。

穿行于北京那些老胡同时，我常常被一些烟火气打动。那么美的老槐树，四合院里纷芜杂乱，仿佛光阴在那些破旧的四合院里穿行，都斑驳了，老树上搭了鸟笼，铁丝上晾着衣服——女人的内衣、孩子的尿布、花床单……我爱看这些寻常风景，一招一式脚踏实地，和这灰色幽深的胡同相辅相成。

和皇宫比起来，我更喜欢这些细腻的北京——老槐树底下卖香油的老人，那名人故居里长出的青苔，特别是故居中可能还住着似水流年的人家。春天时，我去探访张伯驹故居，桃花在他家的院外开满了，一枝枝伸出来，分外妖娆。一周之后再去，花都落尽，那么拼命地盛开，却原来只有几日。张伯驹把《展子虔游春图》和《平复帖》无偿捐赠给故宫，换来小小的一张奖状，上面有当时的宣传部部长沈雁冰的亲笔签名……小小的院落，有一种分外清爽的感觉。张先生手植的牡丹已经在早春发了芽……这是北京，泛着古意和墨香的北京，宽容大气，像一个饱满的中年男人，上有老下有小，它自己的悲伤，自己吞吐。

银杏树黄了又黄，多少时间翻滚着走了。走到寂寞的红墙边，那曾经的隆重被贩卖成了风景，琉璃瓦上有喜鹊在叫，长安街上有彻夜的灯火。我喜欢穿过午夜的长安街，喜欢在寂寞时独自行走在大气而包容的北京，我与它贴心贴肺，一点儿隔阂也没有。它似一个多年的老朋友，早就知冷知暖。

我喜欢的北京，其实还是老北京——二环内的北京。带着旧，带着昨天的气息，虽然很多地方高楼早已林立，但我总能找回旧日那一点一滴的气息。齐白石故居在一群高楼中间，那么孤零零，简直是一座孤岛了，孤芳自赏着，门楼都旧了，门也斑驳了，里面换了一个姓马的人住，因为门缝里的信全是写给马先生。周围是金融街的高楼大厦，泛着冷冷的金属光芒，我在缝隙间找到老北京，那斑驳的灰墙，那门前的老槐……

我没有赶上看北京的老城，只看过一些断壁残垣，我行走在那些老城墙的断壁边，看早春的柳枝发了新芽，建筑工人正忙着拆迁，后海边的老树被一棵棵砍伐着，心里很酸涩……失去旧城的同时，也会伴随着一些东西的失去，文化、气场……但北京仍然是北京，很多人在离开北京后无比地怀念北京，梁实秋在晚年让人带回北京的一抔土，相当伤感地说："还是北京好呀。"

北京当然好，有一种让人不能忘怀的气场，它是一个有着优雅贵族气质的男子，镇定、大气、凛冽，打碎钢牙往肚子里咽。但这男子又别具风情，懂女人，知道如何心疼媳妇儿——虽然细节上可能粗糙些，但到底是真心真意的。

北京的好在于自然，不紧张，放松。你游走在北京，就像游走在自己最喜欢的风景里，即使是那些小吃，亦是家常的温暖——爆肚冯、卤煮火烧……我取了一个小条，拿着一只碗站着排队，就着夕阳吃下去，暖心暖胃，让人觉得生之美好。活在北京，踏实、肯定，不浪费一丝好光阴，有钱人过得鲜花着锦，没钱人也有滋有味，胡同里有高高摞起的蜂窝煤，树上挂着鸟笼子，弹三弦儿的老人眼睛盲了，依旧充满情思地唱着《黛玉思春》……

北京，后海。我行走在春风里，看两岸那些故居，曾经在这里住过的人留下了淡淡的味道，那是什么味道？我努力地嗅着，嗅到了唯美、世俗、烟火、前世、大气……这是最亲爱的北京，有风沙的北京，残阳如血时，能让人心里一疼的北京。

一个人的下午，煮这款叫寿眉的老茶，放的是古琴曲《山中思故人》，日影斑驳，照在从日本淘来的老铁壶和手工茶托上，莲蓬斜斜地插在集市上淘来的古陶里，茶的香气溢满角落。人到中年的丰富与饱满，低调不张扬，却充满了无法言说的味道。

桂林记

桂林真是个好地方，山好，水更好，当然有雨的时候最好。

我到桂林已三四次，始终没有写桂林，时间久了，以为模糊了，但桂林的山浩浩荡荡在眼前，桂林的水明晃晃地在梦里泡着，桂林的人在心里偶尔惊鸿照影。春夏之交，看着外面的远山、远水和青梅、石榴花，我写起桂林来。

落笔之前，我倒先想起桂林的雨来。桂林雨多，我三月时候去过一次，每天下，大雨、中雨、小雨，下得心都湿起来。我又住“玉茗堂”一楼，每日就是煮茶听雨，那雨声在半夜听来格外销魂，又仿佛格外孤独，很多年没听过那么清晰的雨声了，仿佛金石上落了玉，啪啪的脆响。有时我竟然舍不得睡觉，把老白茶煮了，点了玉姐的烟抽。

“玉茗堂”是玉姐的，五十多岁的玉姐风情极了，细细的卷发，细细的眼角眉梢，闲时会飞到上海喝下午茶，和帅舞男跳探戈……她像活脱脱的上海女人一般，骨子里、皮相中，优雅温婉，但她的确是陕西铜川人，眼神中还有北方人的坚定。

那半个月的雨声，听得人心慌，我便与玉姐跑出去看漓江。

漓江风雨像画一样，湿了的画，带着水汽的画。我站在漓江边发呆，中年听雨客舟中，江阔云低，断雁叫西风。我没有西风可叫，就这样，在客舟上听漓江夜雨，一时间，悲欣交集，万千往事涌上心头，发现也只是淡然一笑，随手饮了一杯茶。所有江河湖海的心声，且说与漓江夜雨听，倒也恰恰好。

人的心事说给山川湖泊和草木植物听大概最稳妥，但玉姐喝醉酒就说给我听：十几年前如何离了婚，兄妹三人，妹妹早早看尽冷暖，自行去了，大哥也早逝，她管着几个孩子的读书、就业、婚嫁，还有不好沟通的母亲。但她脸上仿佛没有这些风雨，只是眯起眼睛笑，笑的时候像娇媚的老猫，又像芒种的杏儿，明明熟透了，一副性感迷离，可还有诱人的羞涩。这个将风雨藏在心里的女人真性感，倒似那一帘漓江烟雨，不动声色间，全是波澜。

玉姐有块好茶台，老榆木上拓了一块旧石板，旧石板上有首李白的诗："客自长安来，还归长安去。狂风吹我心，西挂咸阳树。此情不可道，此别何时遇。望望不见君，连山起烟雾。"很苍劲的书法。"一个男人的书法，我们爱过，他在西安……后来，我拓了这石碑，他不知道，他不需要知道，爱情有的时候是一个人的事情，这就够了。"玉姐连处理爱情的结尾都这样优雅。

三月倒春寒，下过雨的桂林比北方还寒冷。我们围在一起吃火锅，点了炭火，玉姐的"钱先生"卧在我们脚下，"钱先生"是条白色的大狗，温柔可爱。玉姐的女儿远嫁，陪伴玉姐的多是"钱先生"。听雨、吃火锅、烤炭火，这是我们的雨夜。

在桂林见到的还有濛木，濛木是"禅园听雪"朗读团队里的东北人，考到桂林，嫁到桂林，再也没回去，眉宇间有了南人北人的通透。她送我一款古树普洱茶，好喝极了。她的声音也好，苍绿苍绿的。有一日，她开车带我去白公馆和李公馆，两个人在雨中说了很久的话。

我喜欢桂林的树，那些街边的老树，爬满了青苔和青藤。特别是白公馆和李公馆附近，因为这些老树，旧时的味道足足的。那白公馆做了酒店，李公馆也破旧，一个人也没有。几十年前这里的主人也是一代枭雄，呼风唤雨的厉害。如今寂寞在雨中，倒也真寂寞。

我又见到同乡王宇，她是地道霸州人，嫁到桂林来，桂林最别致的酒店是她的。她给我留的房间，推开窗就是象鼻山。我舍不得睡觉，在秋叶中一个人听虫鸣，看象鼻山的烟火。每至中秋、春节，她便寄来桂林特产，这样的情谊总是会在不经意间想起。她笑起来真好看，眼神中有霸州人的英气。

我又认识云姐和茶人依晨，依晨安静得像朵白云，泡茶的动作尤其迷人。我去她的“山水道”喝茶，桂林的春茶真嫩，仿佛一蓑烟雨全在里面，绿得妖娆又不轻浮。我也在“云顶”喝过一次茶，烟雾缭绕的云顶，有她和爱人的甜蜜小屋。

新婚宴尔的云姐是花又逢春，四十多岁遇到对的人。两个人的眼神粘在一起，根本是甜到分不开。

云顶的老茶也好，茶席上有一朵莲花，可闻得到竹林传来的清气。桂林的山不是惊天动地，但稳妥而秀气地往那一站，书卷气真足。桂林山水甲天下，这句话桂林人可以说一辈子。当年天津毕业的两个大学生，为了分配在一起选择来桂林支边，他们说就是为了这句话才来的桂林。

我也去桂林的山顶上看过云海，那桂林的山也像一块又一块的云，又像盆景，桂林的山总像假的，因为太美，山水间总有绿意和幽静，完全不是北方山水的铿锵和苍劲有力，风骨少了些，软绵绵的，但我喜欢那无力感，是南方山水的温润之气。我骨头上有南方潮湿的花朵开放，阴柔而忧郁。

桂林的米线又便宜又好吃，四块钱一份。街上随处可见米线店，只是器皿简陋，是那种几块钱的小钢盒，太没有仪式感，可惜了那么好的米线。我们在桂林吃了半个月桂林菜和米线，嘴里酸笋、酸辣椒的味道重极了，回北方很久还有那个味儿。我想了想，那是桂林的味道。

最近迷上了吃糖醋鱼和糖炒栗子。风大，一边走一边剥栗子吃。想起徐志摩知道陆小曼爱吃糖炒栗子，风雪交加中去给她头。栗子是自己买的，也是自己剥的，很香甜。又想起怀素《食鱼帖》，是这个秋天的好味。

冬游广西

冬天去广西真是一件愉悦的事情。

飞机落地南宁，我就感觉湿漉漉的，花草的气场弥漫上来。十二月，北方一片萧条，窗外是肃杀和枯枝，以及冬天的鸟巢，以及渴盼春天的心情。灰色真令人压抑啊，尽管屋内永远温暖如春，尽管我也买了鲜花插在花瓶中。

琼已经在接机口等我了，高高的个子，我远远就能看见她。她的长相也真是魏晋，眉眼之间全是英气，又喜欢穿黑、白、灰，站在那里，总有说不出的大气和隆重。

司机是老陈，头发有些许白了，并不多话，拉了我们到酒店，表妹和骄阳一直说："啊，南宁的空气真好。"一路上，三人惊叹十二月的红花和绿叶，此时南宁二十摄氏度，北京今日大风呜咽，白天温度已到零下十摄氏度。

本来说好要去吃南宁特色柠檬鸭，琼说要按北方人的习惯：上车饺子下车面，于是吃面。

去了一家西北菜馆，琼说这是南宁最好吃的西北菜了，特别是手抓羊肉。我们笑着吃手抓羊肉和兰州拉面，表妹忽然说："就这个水平的羊肉和面，在北方是开不了张的。"大家笑作一团。

饭后我依旧坚持吃"粉"去，南宁是粉儿的世界，我上次来吃了十几天粉儿还没出南宁。有人说南宁的粉儿可以吃一个月不重样。

“到南宁不吃粉儿简直发不了朋友圈。”我们坐在街边吃“老友粉”，街上人来人往，小店内热火朝天，炉灶散发出的锅气太迷人了，太迷人了。

老友粉又酸又辣，酸笋的味道扑鼻。琼在南宁生活了十七年，并不爱吃粉儿，她曾经七年没有吃过一口粉，她喜欢北方的包子、面条、饺子、大饼。

我尤喜广西酸笋，酸笋有一种爽气，爱吃的人真爱吃，不爱吃的人一口也不吃，琼说：“我们单位年年发酸笋，我愁死了，一口也不吃。”我开玩笑说：“给，这是我家地址。”对于酸、臭、辣，我有发自骨子里的热爱，生生不息。

我住在了南宁大桥附近的维景酒店，推开窗便是南国茂盛的蕨类植物、红花、南宁大桥……最重要的还有：邕江。我居然第一次知道有这样一条江，也认识了这个字：邕。我走在邕江边，看江水迷蒙，升上来水汽，我穿了一件衬衣。

表妹由衷感叹：“南方冬天好啊。”

在北方冬天待久了，灰色、枯枝、雪、肃穆，连心情的温度都低了下去。

江边有诗经之味，仿佛人是很久以前的人。骄阳给我和琼拍照，居然别有韵味。江上的水汽环绕着我，而我动了念头，想每一年的十二月来南宁小住了。

老陈来接我们，问我们早餐想吃什么？我说：“螺蛳粉。”我的喉咙还肿着，也还咳嗽着，但我对螺蛳粉的爱如满满江水。

粉店是在一条偏僻巷子里，老陈说：“保证是全南宁最好吃的螺蛳粉，保证。”

果然。

这是抖音网红店，小店是苍蝇馆子，南宁人光着脚穿着凉鞋在那嗦粉儿。有点儿脏的墙上写着：“什么都放得下，唯独这碗螺蛳粉，拿得起放不下。”

螺蛳粉＋猪脚＋油果＋豆奶，只要十三元，我又加了三勺辣椒。一口下去，我猛烈咳嗽起来。骄阳说：“您这是老了吗？”我吃辣没有尿过，这次是因为喉咙肿，我咳嗽着吃着，吃着咳嗽着，酸钻进了我的鼻子、辣入了我的心、臭袭击了我，我吃了两大碗，仍然余兴未尽，现场煮的螺蛳粉比真空包装好多了。

老陈是地道南宁人，他不吃螺蛳粉，就吃了旁边一家的饭团，并且说：“螺蛳粉有什么好吃的！”

我气得瞪眼。

中午我们又去吃最正宗的灌阳油茶，油茶号称中国咖啡。琼点了最正宗的南宁菜（其实也是桂林菜），啤酒鱼、醋血鸭、红糖糍粑……虽然是地道南宁菜，我倒觉得不如那碗螺蛳粉更令我心动。但灌阳这个名字真好，虽然我没去过灌阳。

下午我去琼她们厅里做讲座，在台上正襟危坐，又有少数民族姑娘献花，穿得环佩叮当，自然是难忘。

晚上我们去吃火锅，野菜最好吃，苦味迷人，比鲍鱼好吃。吃到最后剩了很多鲍鱼，大家让来让去，野菜却被吃光了。老陈开始绽放他的幽默：“连鲍鱼也要逼着吃。”他和琼来回掙，二十年的老朋友，其乐融融。

第二天读者见面会，读者们千里万里奔来南宁。在城市书房，海报被做成了书的样子，我坐在南宁的冬天，像坐在春天里。

珍惜每一次相见，只要有想见的人，这个世界上，你就不是孤独的人。

一个九五年的孩子说从七年前就开始看我的书，坚持每天睡觉前读一段，她扑到我怀里，像一只小鸽子。

我的读者更多的是中年女子，她们说，找到了一种向往的生活方式：有坛坛罐罐、花花草草，有猫有狗，有热烈而生动的生活，有爱的人、喜的物，有三五好友，有读书旅行，有饮茶，有看花，有器，有物，有光阴的陪伴和内心丰富的表达。

讲座之后，一群女孩子送我上车，一边挥手一边落泪，她们使劲挥着手，直到车子离开。

次日琼带我们去青秀山，那里的山、花、树也真配得上青秀二字。

在十二月的广西，奇花异草如夏天般热烈。青山四时常不老，游子天涯觉春好。我携春色上山来，山花片片迎春开。

这里有独具热带雨林特征的桄榔、桫椤，恍惚间像到了海南。一树一树的花意，表妹便录给楠姐看，知道楠姐喜欢这些花花草草。楠姐便惊呼："我的天，我的天，气死我了。咱这大北方刮了一天大风了！"原话的确如此，太解气了，仿佛不骂对不起这南宁的满目春色。

那些粉色、白色、紫色的蝴蝶兰长在树上，大朵大朵的，像疯了似的爱一个人，哪怕是在冬天。

我在那花树下照相，分外不真实，但这的确是冬天，冬天的南宁太温暖，总是会让人心里柔软。

哦，还有一棵上百年的老茶树，花期快结束了，我跑过去，风吹过来，那些花落在我头发里，我低下头捡落花，觉得有些美就是让人来绝望的，那些规定的美是多么乏味，这些野生的美才是令人赞叹的。

如果我将来冬天住在南宁，我会每周来青秀山。

我们中午去琼的朋友家吃火锅：帝王蟹、鲜切牛肉、鲍鱼……又是鲍鱼。吃饱了、喝足了去唱歌，表妹的嗓音是极好的，一曲惊四座，不知道哪句触动了琼的心弦儿，她悄悄落泪。老陈成了疯狂麦霸，五音极其不准，我对大家说："在 KTV 里，唱得好不叫本事，唱成跑调大王才叫本事。"

老陈每次唱完都给自己比个胜利的手势，然后说："加油！"简直不像五十岁的男人，可爱极了。

我们仨决定冬游广西，在广西跨年。第二天便坐高铁由南宁到阳朔，只要三个半小时。

我们到兴坪镇看那印在二十块钱人民币上的山水，看完又奔了阳朔西街。西街还是一样的热闹，阳朔依旧除了山水美还是那样乱乱的。

一幅好山水活活在一个尘土飞扬的小城里挣扎着。

第二天，我们游漓江看桂林山水，果然是"桂林山水甲天下，阳朔山水甲桂林"。漓江上只有我们几个，温度降下来了，我们对着山水发呆。那些山水太美，居然像假的，简直太假了。我把手伸到漓江里，冰凉凉，又太真了。总之，桂林山水仿佛是自家院子里的，仿佛伸手可及。山不高，水又灵，远远看去，是千里江山图，是在云雾间的水墨画，淡淡的，淡淡的。

下午我们坐高铁去桂林，高铁站只有几个人，个个戴口罩。这是庚子年冬月，这是全世界都忘不了的二〇二〇年。

玉姐派人来高铁站接我们，我认识玉姐有六七年了，在桂林时见过几次，后来她又飞到上海和广州去参加我的读者见面会。去上海那次真是难忘：有素莲、红唯姐、老卢、祖母姐姐，还有玉姐。玉姐快六十岁了，依然优雅、妖娆、真实，喜欢爱情，喜欢和年轻的男孩子打交道。她们来参加我的读者见面会时，我们在上海的法桐下走着，像是老上海的几个人，想来也真难忘。

后来玉姐又到广州找我，又到禅园看我，每次兴致勃勃地谈起爱情都十分兴奋。我们边点头边听，只觉得她说得对，爱情是人性，也并不觉得低级趣味，反而有一种热烈的生动和真实，毕竟她快六十岁了。

有一年我去桂林，玉姐送我一件黑绿旗袍，收腰、古典、高贵……我穿了它在酒店门口拍照。

转眼又五年过去了。

玉姐没有亲自来，而是派了朋友来接我。

“玉姐呢？”我问。

“到了酒店你就知道了。”

到了酒店，玉姐在大堂等我。

她披了黑色斗篷，里面是姜黄色中式棉袄。

她烫着卷发。

她穿了黑色毛料裤子。

她依旧优雅如上海老房子里的女人。

但她拄着拐杖。

她行走困难，两腿不稳，难以支撑。这是那个手背上印了蝴蝶去跳舞的姐姐吗？这是那个一直讲她的爱情故事的姐姐吗？

我泪水滚落，拥抱她。

“别哭，小禅，我会很快好起来，然后重回爱情一线。”

一年多前，她忽然走路不稳，看遍了名医，仍然控制不了自己的双腿，时常跌跤。

“小禅，想去干什么就快去，人生无常，爱情是赠予，疾病也是。”

那晚，玉姐在饭店为我接风洗尘。

芋头扣肉、血鸭、腊肉芋头条、炒河粉、油茶……

玉姐谈笑风生地说着爱情，我却一直想落泪。

一辈子爱笑的玉姐，安慰我说：“小禅，我也看过，两年内准好，你等我去看你，我们还要去跳舞，去吃吃喝喝，去风花雪月。”

表妹和骄阳也很感慨，人生原来是真无常。

酒店是我霸州同乡王宇妹妹开的，她留了最好的套间给我。

推开门，看到象鼻山就在眼前，我坐在窗前喝咖啡、看书，看着窗外的桂林山水和漓江，以及仿佛伸手可及的象鼻山，觉得现世安稳、岁月静好。

而这是二〇二〇年最后一天。

每个人心里都住着不一样的星辰大海，每个人都行走在不一样的光阴里，一个人的生命力和生活力是那么重要。

这不平凡的一年，我也一直在路上。行走的力量让人愉悦，是换了城市、时间之后的生生之力，是敏感，是创造。

比如冬游广西，我爱上了十二月的广西，爱上这绿色的世界和恰好的温度，爱上广西的朴素、贞静。

以及螺蛳粉、桂林米粉、啤酒鱼、柠檬鸭、油茶……

以及像唱歌一样的广西话。

这次广西之行最感动的一个细节，我愿意把它放在最后，因为这是我与广西的来日方长。

七年前认识的小雄，带我吃遍中山路的小雄，看到我来南宁，追赶到我吃早茶的地方，然后说："雪老师，你和七年前一样呢。"她把淘来的两枚苗银戒指给我戴上，匆匆告别，微笑着说："我去接儿子了，雪老师一定还来啊，一定还来啊。咱们来日方长。"

是啊，广西，咱们来日方长，特别是冬天，特别是十二月。

捧了热茶在窗前站着，看窗外枯枝上风中的鸟巢，风华绝代地悬挂着。孤独能与谁说呢，无非自己一点点地担着，看着夕阳一点点侵略过来，屋里的云竹、蓬莱松正绿着。

云南记

我实在是喜欢云南，但有一点真奇怪，我去过那么多次云南，写云南的文字却极少。云南有十六个地区，我算了算，居然去过十三个了。所以泡上杯老茶，开始写云南。

我第一次去云南是跟团去的，总有快二十年了。模糊记得昆明的傍晚有凉爽的风，低飞的蝴蝶，到处的普洱茶饼，好像十块钱一饼。还有饵块、米线、各处的花。然后是大理三塔，然后是石林，我还在石林拍了照，那张照片看起来很傻，就是游客 A 和 B。再然后就是去各种玉石市场，这个印象太深刻了，攒动的人头，到处都是翡翠、A 货、宝石……导游不停地逼着游客买各种玉、翡翠。我记得自己是最后一个不得不买的，导游的脸色那么难看，时隔这么多年我都记得，那副嫌弃我不买翡翠的样子。我到底怕人嫌弃，花一千多买了个看着还顺眼的镯子。后来一次也没有戴，当然也不知去向了。

那是我唯一一次跟团去云南，记忆最深的是导游、玉石市场。以后再也没有过，还好再也没有过。

一

我记忆最深的有四次云南之行。

第一次是很多年前。二〇一二年春天，我被中央十套《探索与发现》节目组选中，去《探秘蝴蝶谷》当外景主持，和云南某大学的蝴蝶专家周雪松和刘家柱二位科学家去云南蝴蝶谷拍摄。

那个蝴蝶谷叫马鞍底。

时隔多年，我已经忘却了很多细节，比如如何翻山越岭，如何在原始森林里穿行，如何跳下几米高的大石头，如何每天累得要死……还记得我和项导演去赶集吃蒙自人的米线，淘来了几块老绣。

有几个细节是我难以忘却的。这么多年，我居然舍不得写出，像珍藏多年的秘密，生怕别人知道了。那个节目播出后，收视率极高，他们说因为一个镜头特别重要：我捧了一手掌毛毛虫。

那个镜头我不拍，我寻了很多蝴蝶，受过很多罪，没事。但让我捧毛毛虫，我不。

整个剧组的人在等我，说等一天多少钱，说蝴蝶是毛毛虫变的，多美啊。在挣扎了几个小时之后，我微笑着捧起了那几十条毛毛虫，但浑身都起了鸡皮疙瘩。

第二个细节我更忘不了，我的命，差点儿丢在云南。

拍摄结束那晚我们开始庆祝。云南的云很低，仿佛触手可及，春天的黄昏，蝴蝶成群。我们去吃农家菜，云南本地菜重油重盐，太咸了。云南菜咸得我喉咙干啊，做梦都想喝水。

但半个月艰苦的拍摄终于完成了。我能不纵酒放歌吗？不能。我能不放纵吗？不能。

我天真地以为米酒就是饮料，很快喝了两瓶，并且做好了给他们唱段京戏的准备。

但，我倒下了。

我没想到米酒后劲那么大，我疯狂地吐，吐了三天三夜，胆汁都吐了出来，几次昏迷。后来，我呼吸越来越困难；后来，重度昏迷。

项导演急得跺脚，人命关天呢。但我们在偏远的云南山村里，山路弯弯，天降大雨，车出不来进不去。村子里的赤脚医生来了几次，但，无济于事。

所有能用的药全用上了，我依旧昏迷。但我迷迷糊糊记得有几个老女人围着我转，嘴里唱着云南话，她们一边跳一边唱，我觉得我快死了，在想家里的那些坛坛罐罐、猫、银行密码、此生的错过、珍藏在心底最深处的记忆……她们在跳大神，她们说我中了蛊。

我被云南下了蛊。

难道我要死在云南吗？

我终于醒过来了，终于。

周雪松老师给我吃了一种药，我渐渐醒了，渐渐好了起来。

我问吃了什么药，大家笑着摇头，没有人告诉我。

两年之后，我去云南师大做讲座。邀请周雪松和刘家柱二位老科学家当嘉宾，六十岁的他们在台上风趣极了，分享了我们在云南蝴蝶谷的经历。

讲座后我们走在黑暗的校园中，周老师鬼魅地一笑：“小禅，两年前我给你吃的药，你想知道是什么吗？”“当然当然，因为它救了我的命。”

周老师笑而不语。

我们踏上归程时，刘家柱教授给了我一盒子蛹，是蝴蝶的蛹。

“当个纪念吧。”他说，“放在你屋里，会变出蝴蝶的。”

我把蛹带回了北方家里，放在角落里，然后我出差了。

当我回家时，推开门的刹那我泪流满面：那些蛹变成了蝴蝶，它们飞向了我！

那些蝴蝶带着云南的气息扑了过来，它们一定知道我在想念云南。

二

大概二〇一五年，我又去了云南，这次是寻千年古茶树。茶人们说好的普洱茶都在西双版纳附近的原始森林里。那阵儿我迷恋上普洱，觉得茶的极致就是普洱了。每天和茶人们在一起，张嘴闭嘴就是“宋聘”“益印”“红印”，还特意跑到上海的“大可堂”去喝茶，大可堂在老别墅里，那天喝了一泡7572，配了几碟小干果，茶的味道没有想象中的好，价格却贵得惊人。还有一次，我和朋友跑到南昌一家叫“无相壶”的茶馆，那天茶好、器好、气氛好，甚是难忘。

还有一次和一个年近八十的老人喝茶。他一生挚爱普洱茶，收藏了甚多号级茶和印级茶，一饼茶几百万也并不为奇。我听了也就是唏嘘一下，然后只能跑到这原始森林找古茶树。

西双版纳是有着莫名热情的城市，说不出，但四处散发着天高地阔的迷离，就总想喝茶、放歌、找人喝酒。西双版纳的确是金黄金黄的灿烂。

茶人带我到刮风寨，寨子里安静极了，太阳下的女人在绣东西，小女孩看着大太阳，没有表情。

村子里的小伙子开着摩托车载我上山，去原始森林里找古茶树，我自然是兴奋至极，尖叫着坐上颠簸的摩托车。直至再也开不动了，只剩不足一米的窄径，底下便是万丈深渊，只能步行了。我便步行，走在正月十五的月光下，身边人几乎都默不作声，大概为保存体力，那一刻我感觉到云南的神秘，在云南的原始森林中，有奇异的植物香气，有万兽之息，有古茶树的茶气，也有莫名的恐惧。有人说蛇多，要多加小心。我天生惧蛇，也说不清为什么会吓个半死，但总是吓得半死。

也不知走了多久，终于得见古茶树。但见月朗星稀夜，古茶树如玉树临风的男子站在森林里，我摘了几片叶子放在嘴里嚼，又捧了山泉水喝，一边喝一边流泪，我已经走得一点力气也没有了。但正月十五月正圆，午夜的森林有神秘的力量让我想抱住古茶树号啕，然而，这号啕居然是快乐的，分泌着无以言状的兴奋和喜悦，朴素、正大，不可言说。

我们往回走，边走边唱，仿佛得了宝贝。但脚越来越疼，简直钻心。但我知道除了走出去别无办法，谁也帮不了谁。

终于走出来，天有了亮光。我看到球鞋上全是血，袜子也全是，整个鞋子被血染了，我居然不觉得疼，直到走出来。

很多年后，我们那群去茶山的人告诉我，你那血染的袜子和鞋，是被蛇咬的。

我当场尖叫了好久，但也是空谷回音，那帮人笑着喝茶，笑我："都咬了这么多年了，叫有什么用？"

后来又听人说，被毒蛇咬的人十有八九会死，小命难保。我这老命还在，还健在。

我谢谢云南给我留了一条好命。

三

十年前，潘老师请我去丽江做讲座，他那时刚结婚有孩子。那时的丽江还没有那么多人，我还爱穿明黄和宝蓝，然后头发上一定要戴上奇怪的帽子或饰物，让人一看就是少数民族系列。当然现在恨不得毁掉那些照片，因为后来只穿日系风格、森系风格，连旗袍都穿得少了，几乎全是黑、灰、白。

讲座好像是在一个叫平湖秋月的茶馆里，雅致、幽静。那天来了很多读者，我居然一个也不记得了。算下来几十年来，我的大学讲座和读者见面会总有上千场了，但记得的人并不多，仿佛全见过，又仿佛不曾相识。我记得那些山呼海啸："雪小禅，我爱你。"也记得女孩子们见了我抱头痛哭。时光真好，老了以后有回忆的人像贮藏了宝藏，可以随时翻拣。

潘老师的爱人叫文老师，文老师像她的姓，文静、雅致、典雅。两个人都是中文系出身，眼神里有书香气。

他们带我去没有被开发的束河古镇和玉湖村，束河的人很少，绝不像现在，时隔十年，判若两个束河。从二〇一〇到二〇二〇，发生了多少事情，有多少人经过了我的生命，有多少人离开了，这是我生命中重要的十年，潘老师和文老师都在。

束河下雨，只有三三两两的人。只有一条街的束河典雅而精致，但我喜欢束河这两个字，像一个人的名字，生动而羞涩，但内涵极好。

我们又冒雨去了玉湖古村，文老师背着一岁的孩子。"当年洛克在滇西待了二十八年，就为寻找云南的这些植物，洛克的故居就在这附近。"洛克是奥地利的植物学家，一个人有信仰才会在偏远的云南待那么长时间。

之后潘老师、文老师也来廊坊，在我的禅园吃饭喝茶。

二〇二〇年十月我又到丽江做活动，潘老师和文老师有了老二，他们带着老大来接我去吃饭。

黄昏的丽江又有雨，我们再次踏过红太阳广场。文老师说："这里一点儿都没有变，雪老师也还是从前的样子。"

"我变老了，你们都有两个孩子了。"

晚餐在网红餐厅 88 号院，窗外的三角梅开得正热烈，粉艳艳的，我们是故人再聚，开怀畅饮，吃水性杨花、汽锅鸡、牦牛肉、山羊肉、过桥米线……楼下热气腾腾地喧哗着，我们是久别的故人重逢。

这次丽江之行我认识了老黄，风风火火的一个女人，爱长跑、爱登山，院子里挂满了她跑全马、半马的奖牌。

“我带你去吃苍蝇馆子，保证又辣又香，但可能是地沟油啊。”她说。

“不是地沟油怎么会香？”我答。

她便笑得前仰后合，说我志同道合。

我们便去丽江的苍蝇小馆子吃小黄牛、酸菜鱼、凯里酸汤鱼……油乎乎的后厨，看不见光亮，火塘小桌，人们蹲在小桌子前狼吞虎咽，又香又辣又麻又咸，传说中的酸爽至极，锅底下一大洼油咕嘟着吃了还想吃。我在丽江期间不停来吃这家小黄牛和酸汤鱼，仍然不嫌腻，当然嘱咐少放盐，但还是咸；大口大口喝水，仍然咸，每次要吃三碗米饭。从云南回来后，我喉咙咸了十多天，总觉得吃什么都咸。但我想念云南的咸，像想念云南的云，它是唯一的、奇怪的、迷人的。

是的，云南的云。我见过很多地方的云，但云南的云最不一样。腾冲稻田里的云像油画，西双版纳的云是诡异的，香格里拉的云像句咒语，玉龙雪山下的云变化如电影片段，丽江的云像女巫，大理的云天高云淡，洱海的云是小说，临沧的云是散文……

我又去山顶上俯瞰丽江，整个丽江像在温柔的包裹里一样。文笔湖似一滴泪，山中的村落古意盎然，有柿子村、木瓜村、核桃村、山楂村、花椒村……核桃树总有几百年了，结了有几万只核桃。我摘了青木瓜，被一种叶子蜇伤，马上又痛又痒，身边的老余说：“没事，这像金庸的武侠小说，解药就在附近的绝情谷。”果然，另一片叶子涂上就好了。

老余还说:“核桃树上有一种虫子是剧毒,在核桃快熟了时就来毒人。”“那解药呢?”我问。“它的体液就是它的解药,把它挤出来涂上就行了。”云南的植物和动物都会下蛊,都有巫性似的,神秘、放肆。如果一个人压抑久了,想看看天高地阔,想探寻神秘的世界,最适合的地方大概就是云南了。

那些天,我整天在玉龙雪山下骑自行车,成片的格桑花直逼雪山,雪山的变幻令人激动,一会儿黑云一会儿清澈。

我被雪山迷幻着,他真像一个无情的男子,知道自己英俊帅气,但故意高冷迷人。

再到束河,到处是商铺。

行程的最后两天,花姐将我们安排到丽江古城南门的酒店英迪格住。

之前说过花姐,也知道她是上市公司老总,但不知道上的什么市。来到丽江,花姐发微信:“小禅去英迪格住几天吧,那是咱自己的酒店。”

之前在上海英迪格住过,推开窗便是黄浦江、外滩、东方明珠,一个极有腔调的设计师酒店。

这次推开窗便是丽江古城,一枝三角梅伸到窗内,屋内放着二十世纪三十年代的音乐,周璇在唱《送大哥》,屋里的迷你咖啡机可以冲咖啡,我坐在窗下,痴看丽江的天空。

夜深人静时去古城走走,水流奔腾不息,清澈见底。光滑的石板路,盛开的菊已经密密麻麻,多肉到处都是。夜晚的古城像妖娆的女子,安静下来更迷人。

关于亲爱的多肉。

我在云南见到了铺天盖地的多肉,快疯了的多肉,随处一扔就活的多肉。云南的老木头又多，朽木配多肉，简直是绝配。

我给喜欢多肉的朋友拍多肉，她一边惊叫一边说："云南的多肉是神奇的存在，在云南，让多肉死比让多肉活难多了。"

哈，可爱的云南。

四

二〇一九年冬天，我受邀参加亚洲微电影节，并担任评委。这次，是在临沧。这次，表妹同行。

临沧的云好像更云南，我与表妹走在临沧街头，像两个异乡人，高大的树木如此云南，竹林也美得惊心。

但这次的云南记忆并没有太美好，家里失了窃。我与表妹在酒店一脸焦虑，还忘了上台给人颁奖。会场上主持人四处喊我名字："雪小禅上台颁奖，雪小禅老师，请上台颁奖。"

我丢人丢大了。

但没影响我四处去吃云南菜和傣菜，坐在天高云淡紫外线极强的临沧吃吃喝喝，十分惬意。

还有一次去普者黑，这次不仅有表妹，还有楠姐。普者黑三个字太动人了，我们天天去看晚霞和热气球，楠姐终于说："我不想看晚霞了。"

我们三个又去了大理。我每天坚持去洱海边拍枯木和海水，楠姐终于又烦了："能不能不看洱海和枯树杈子了？"

我们又到双廊，见到花海和树影，楠姐每次见到花海便尖叫。我也带楠姐去了云南的保山、施甸，见到了澜沧江、怒江、雅鲁藏布江，那壮阔的江并未让她尖叫，她淡淡地说："就是几条小河沟子，没什么。"楠姐的家在狼牙山，到处是山川河流。她认定花朵是她的挚爱，金沙江和怒江就是小河沟子。

我们仨在大理浪了若干天，每天去八趟古城，然后又去洱海拍枯木，楠姐终于说："要不我们回家吧。"她觉得云南太远了，她想念家里鱼缸里的鱼和花花草草了。

云南便是这样可近可远的亲人，像云南的云，近了也可、远了也可。

多久不来云南也像昨天才来过，昨天才来过也像很久没有来过。

写这篇文章时已是深秋，我煮了老普洱，看着从云南带回来的辣椒、木瓜、鸡纵菌，深深想念着云之南。

杜牧爱他的孤云和僧，我爱我的老茶。禅茶一味我不在乎，我在乎雨落纷纷之时，我泡一壶老茶，看着自己郁郁葱葱的菖蒲，喝它个汗流浃背，喉咙生甘，这样的日子就是日常，喝茶喝出广阔天地来。与茶友约茶，只说茶里春秋。

南京

南京有阴气，我一直这样以为。

坐高铁到南京南站，我从西口出来，慧在东口等。慧第一次坐卧铺从秦皇岛到南京时，她发短信给我："姐，我第一次坐卧铺呢。"这次，慧与十多位药科大学生一起等我，我站在他们身后很久，直到慧转过头来，大家才惊呼起来。偶尔，我亦会非常调皮。

收到一抱鲜百合，但我不在意这些鲜花，易凋零的东西总是脆弱而敏感。我们一行人乘地铁出行，这时候南京的春天也来了，地铁上有穿了短裤的人，这是三月九日的南京。

我们住在格林豪泰酒店，酒店大而空旷，反倒不如汉庭的亲切。我又想起中国美院对面的万凯酒店，诗情画意，价位极合适，离西湖只有几十米，每次必住。因为在外旅行较多，我渐渐习惯各种各样的酒店，青年旅社亦住过，但住汉庭居多。

与我同龄的严小姐非五星酒店不住，少君兄与嫂子也是。一是因为有钱，二是因为适应了环境与气息。嫂子每到酒店都会掏出空气清新剂喷喷，上海的家更是收拾得极为干净。保姆有两个，一个做上海菜，一个做北方菜。少君兄有上海老克拉的派头，拉得一手好京胡，剑锋每到上海，必要在他家唱一宿，比秉烛夜游更诗意。

癸巳年正月初六，我与小言去北京唱戏，第一次看剑锋扮上。他自有一股少年真气，不像四十岁的男人，干净的眼神，牛仔裤、球鞋……

他整个冬天只穿一条牛仔裤，多数时候，裤子上有明显的洞。他弹吉他是真好，过耳难忘的好。我们在上海三山会馆初识，但印象不深，后来才渐渐熟悉。他是女子十二乐坊的音乐制作人，又是许巍、叶蓓的吉他伴奏，慧的大学音乐教材也是他编的。

有一次，我们一起去石家庄拜访裴先生，几乎聊了一夜，裴先生非常喜欢他。人与人之间的因缘甚是奇妙，以裴先生的个性，不会轻易喜欢谁，但先生说："剑锋好，张嘴就有，路子正。"他们都唱余派，剑锋的声音尤其像余叔岩的，很多海上闻人与北京戏圈儿的人非常迷他。他和我在北大做戏曲讲座时唱了《武家坡》，满场轰动。

剑锋身上自有古人的大气，梁妈妈我亦见过，她说："剑锋自从迷上戏曲，彻底变了一个人似的。"

龙年腊月二十六，剑锋带着文静姐去霸州找我赶大集，三个人挤在雪地里走着，自成风景。剑锋梳了马尾，穿牛仔裤，搭皮上衣，我穿了绿色羽绒坎肩，并肩走在立了春的霸州。火车从集市东边经过，我们看着火车过去，站在雪地上发了很久的呆。

剑锋买了一块藏青色布，要做一件马褂，如果唱戏穿，一定极好。文静姐买了放饺子的盖帘，十五块钱一个。我买了一个斯伯丁篮球，因为是旧的，所以只要二十块。三个人喜气洋洋地走在集市上，有人间的欢欣与鼓舞，那腊月二十六的集市是天与地都要震动的，因为接近了新年，所以这是霸州最重要的一个大集，所有年货都要买清的。

晚上我们三个人在屋子里说戏，都滔滔不绝，然而现在俱已忘却。只记得剑锋凌晨时非要回北京，于是离开。寒气逼人中去送他们，各自挥手，了无遗憾。忽想起李叔同出家，妻子去西湖寻他，他拿了表给妻，转头上船，妻在岸上号啕，他却头也没有回一下。别人以为他绝情，我却以为他这是对佛法的深情以对。

南京四季如春，仿佛孩儿面。隔天降温十七摄氏度，多亏在杭州时穿的棉袄没有寄回去。

曾明陪着慧、安玲和我去梅花山看梅花。曾明是俊美清秀的男子，大三学生，国贸专业。说好九点大堂集合，他八点便到了。

他见我时有些紧张，说本来想去火车站接我的，大家不让他去，隔天才派他来陪我去看梅花。

又坐了地铁，在新街口转了一次地铁。曾明细心，双肩包中有五瓶矿泉水与四个苹果，慧提了提说："极沉。"

梅花山果然好多梅花，四万株左右，梅树长在茶树里，开粉花、白花、绿花，尽显妖娆。梅自有固执的惊艳在自己独特的品相里：低调、不张扬，小小的花朵，张力十足，总让人想起倪瓒的画来，高洁，孤傲。

我们去看明孝陵，走神道。我喜欢那些斑驳的石刻，光阴赐予了它们凋败，可这凋败恰恰好。颓散里有时光的张力和渗透力，有了光阴浸染的东西便会弥散出寂寥又孤独的气息。我留恋于明孝陵神道，看那些麒麟、马、象、狮子……俱已破损、凋落，可是，真的好。

我亦坐在南京法桐树下发呆，南京的法桐又瘦又高，与杭州法桐不同，上海法桐有些拘泥，像是在羞涩间长成的女子。我还是钟爱杭州的法桐。

我们中午吃了湘菜，后来又去围着城墙看，慧说："南京真是有阴气的。"

曾明一直说话甚少，其间总有淡淡地微笑。我们四个人在法桐和梅花下照相，分外妖娆。有人说，这是金粉地，然而早春的桐花万里路还很萧条。但，到底是南京。

风是大的，而且风声中有发狠的东西，虽然我说不出那东西是什么。

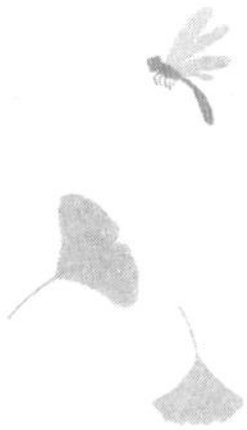

有时候吃饺子是一种气氛，大家围坐在一起，觉得温暖。是家的感觉——黄黄的灯下，有人和面，有人调馅儿，大家坐在一起包饺子、说家常，热气腾腾的饺子端上来，是过日子的好样子。

苏州：一帘烟雨似前生

真的，江南的雨是温润无骨的，一进江南，便被一种气息笼罩了，也可以说，被一种气象罩住了，那种颜色稍显暧昧，颓唐。

可是，恰恰好。

来江南多次，每次的雨都是细细的、润润的，生怕惊动了什么似的。而江南、苏州的雨又为最。

最什么，最软、最湿、最粉、最让人心心念念。

说不得，仿佛禅意。什么是禅意，大概就是这苏州的雨吧，一下就是一夜，绵绵软软的，有的芭蕉上像落了那绿的泪，推开窗，看到昏黄的灯下有细雨缠绵。有不怕冷的女子，还在早春就光着胳膊穿了旗袍，叼着烟，一边抽一边看风景。旗袍上有喑哑的、斑驳的光阴似的，让人心里着实一紧。

隔着窗听雨，像在听宋词一样。

唯有苏州的雨让人突然就生生地惆怅起来，浮生六记，这一记大概是最心疼的。

也不是想起谁，也不是记得什么旧事。

就是在这软软的下午，是下午吗？重新想了一下，是的，是下午。

在明涵堂的下午，我住在“猫的天空之城”的后面，这里有厚重的木门，推开门的刹那，是惊动了时间的，因为有吱呀吱呀的声音，像电影，很像电影。

小院儿种着芭蕉，二进门是江南的木门，一扇扇的。推开来，看到厅里有两把老椅子，也有时光斑驳的痕迹。

我就住在这样一间老房子里听雨，地面是青砖，潮极了，泛着很老很久远的味道，地气一股股浮上来，熏得我觉得自己是明代的旧人。屋子对面是玉涵堂，明代吏部尚书的旧居。打着小旗的导游一队队从我的窗下经过，好多光阴也从窗下经过。

稀疏的心情，有些散淡。

阴天恰恰好，雨也恰恰好。

我去山塘街最老的那条街上，找老人聊天、听雨，都抱着胳膊。雨天生意惨淡，我要了一杯茶，可有可无地喝着，雨中有卖栀子花和青团子的少女。

栀子花一块钱一枝，青团子一块钱一个，只在清明前后有。青团子我多年前就吃过，绿色的、圆圆的、糯米做的，里面裹着豆馅。甜、香、黏，我曾写过，像吃爱情。

我买了三个，一边吃一边看雨。

这是苏州的雨，没有尘土的味道，更多的雨落到了河里、小桥上。

有打着油纸伞的姑娘走过，并不娉婷。我也以为丁香一样的姑娘是在苏州，那个叫戴望舒的诗人是杭州人，我一直以为他是苏州人更贴切。因为苏州的雨更适合丁香，或者说，丁香一样的姑娘。

苏州的雨是带颜色的，粉，或者，粉白。

是一种很俏丽的颜色，也颓。即使冷，也是艳艳的那种冷法。

雨中，我去了寒山寺。

坐三轮车去的，我喜欢有三轮车的城市，缓慢，不慌张。在山塘街的时候，我每天坐三轮车穿过那条长长的巷子，一次两块钱，十分惬意。

而那边的人，也仿佛几十年没有变化，缝纫机嗒嗒地响着，男人和女人一人踩着一个，我多年没有看到过做衣服的人了。还有照相馆，简陋到只写照相两个字。

寒山寺只是名字好听，黄色大影壁那里并无趣味，去烧了一炷香，据说寒山寺的香很灵。

我点了一支烟，坐在离枫桥极近的地方发一会儿呆。雨仍然在下，苏州的雨，因为染了这些故事，更显得意味深长，有意味的东西总是让人凭吊的。张继落榜后的名作成就了寒山寺，而枫桥二字，更让人浮想连连。

我更愿意选择有雨的时候去听评弹，说书人先唱一段梁祝，唱得泪水涟涟，底下的人全是六十岁以上的本地苏州人，有几个老人眼睛湿了，接下去是连说带唱。两个多小时，一共才三块钱，还有免费茶水喝。外面雨声潺潺，雨也听得到，雨也知道。苏州，必然带着这一帘春雨绵绵才更风情。是那一低头的风情，是那不张扬的、低调的风情。

有雨才是这个意味。

那苏州的气象，因了雨，会格外缠绵起来，哪管隔了两千五百年，下呀下，下呀下。

也是因了雨，我更愿意流连在这小城，和小桥流水，和玉兰花、香樟树在一起，感受这永远让人湿润的雨。幽梦谁边，和春光暗流转。和谁？当然是和苏州的雨。把我慢慢打湿吧，我愿意，我愿意呀。

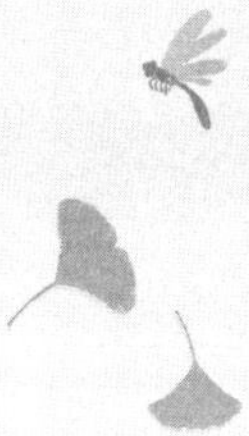

喜欢的生活是有温度的，有光泽的，低调而沉稳。那光芒不刺眼，并且有一种稳妥的吸引力——特别反感一些艺术家们把自己弄得颠沛流离、居无定所，我甚至喜欢那些光阴中热烈的俗气。就像我愿意在厨房里当一个本分的厨子，相当快乐。

苏州评弹

苏州评弹很妖的，这是我听了多年后的感受。

对于南方的气息，我始终怀着非常特别的热忱，仿佛潜藏在骨子里的南方记忆。比如南音、昆曲、建筑、植物、器皿，还有苏州评弹，这是一言难尽的前世记忆。

很多年前我去苏州时，便迷上了评弹，平江路的音箱里永远放着苏州评弹，与这个城市相依相缠，如昆曲一样，是这个城市的灵魂。

苏州，我大抵是去得最多的。二〇一〇年春天，我在苏州住过半年，在青年旅社听雨、写作，累了去小巷中和老人聊天、看桃花、吃青团子。

那些巷子仍然像二十世纪八十年代的样子，老裁缝铺、老理发馆、老点心铺……老人们说着吴侬软语，燕子在桃花树下飞过。

三月的雨永远下不完，而苏州评弹从街巷的每个缝隙里钻出来，一声声扎在我心里，到处是雨水、昆曲、苏州评弹。苏州是粉的、湿的，是婀娜的，是带着诱惑的妖气，摇曳春如线啊。苏州评弹是嫩绿夹着银灰，又性感又跌宕起伏，我开始大面积被侵略。

没事儿的午后，我就去观前街的苏州评弹团听评弹。几块钱听一个下午，周围多是苏州老人，其实我根本听不懂，我只是喜欢那个气息而已。

听完评弹去对面的“大阿二”吃生煎和大馄饨。“大阿二”的生煎真脆真香啊，那甜是淡淡的，不腻，像恰恰好的爱情。烧饼也好吃，叫“蟹壳黄”，一咬掉下许多芝麻，有甜有咸。

回北京时，我常常带几十个回来，可回来就不是那个味儿了。我常常怀念的还有虾仁馄饨，那么大个儿的馄饨，都不像苏州的做派。

我带很多人吃过“大阿二”馄饨和生煎，朱老师、华姐、老曹、丫丫、小慈……店员也听苏州评弹，一边收钱一边听，收音机又破又旧。

我也去评弹博物馆中听，也是四五块钱一张票，很多人一边听一边泪水涟涟，我理解那前尘后事的泪水。那抱着琵琶的女子穿着裹身的旗袍，那弹着三弦儿的男子总是一袭长衫，他们言古，他们论今，说时语调快速，唱时婉转动人。我至今听不懂苏州话，但不妨碍我沉溺于苏州评弹。

苏州评弹是一种物质，是一种袭击，是一种别样的性感与忧伤，是苏州人的生活方式，是中国文人的好消遣。

后来我认识了盛小云先生，她请我去松鹤楼吃饭。那天的响油鳝丝真好，那天她穿的旗袍也好看。我见过的女人中，她穿旗袍最好看。

满城都放《姑苏行》，姑苏的好风光，请小云先生唱，更姑苏。

丙申三月，我去苏州大学讲座，小云先生是嘉宾，全场学生轰动。她上了妆后每根头发都伏贴。

苏州吉老师请我吃老苏州菜，说起从前的评弹艺人，有的六七十岁了，嗓子哑了，可是唱得还好，有时光的风沙。

小友老曹爱戏曲和评弹，因为喜欢评弹，跑去苏州评弹团工作了一年，回来能说满口苏州话，还能唱几句评弹了。我常说她生错了年代，她是90后，但喜欢老人、老故事、老戏。一张嘴像五十岁的人，她是我的少年知己，在很多个深夜，我们说戏说评弹，不知不觉天就亮了。

评弹成了我的日常，成为日常是可怕的，我从一个迷恋摇滚、西方哲学、油画的前卫少年，到喜欢中国书法、写意、戏曲、评弹的传统女子，这是一个奇妙的转变。贮存在心中的磁场被激发出来，引发了 DNA 中的热爱。

每天吃早餐的时候，我喜欢听评弹，特别爱听朱慧珍的《寿堂唱曲》。秦香莲和相爷之间的一问一答，又朴素又悲凉，特别是朱慧珍那声“相爷”啊，简直让人想落泪。

最喜欢听蒋调，蒋玉泉先生的《宝玉夜探》……孤单单独自到潇湘馆，去看那林妹妹的病体可减轻……我与你两人共一心，我劝你么，一日三餐多饮食。我劝你么，衣衫宜添要留神……可晓得你病中人再不宜磨黄昏……

孤单的时候我就听这个曲子。人和人的温度大概就是一日三餐，就是让你多加件衣服。蒋调听多了，像余派听多了，心里都是人世间的慈悲。一字一句地说来，不急不缓，深情到平淡天真，连一句话都不多说，只是那么不动声色地唱着，但实在是，最大的悲情。最好的艺术是不动声色，是惊涛中的大平静与海水一样的蓝色和深情。

秋天去苏州“悦禅”时，夏先生请评弹团来唱曲儿。我点了这首蒋月泉先生的《宝玉夜探》，评弹演员夸我懂得多。我不是懂得多，我只是听得多，像观古画，观多了，自然知道更喜欢黄公望还是倪瓒，或者徐渭、八大、渐江、沈周、文徵明。

我不知道吴门四家是否听过苏州评弹，但他们的画中一派江南的安静、水意、禅气。这些，评弹都有。

在听苏州评弹的日子中，我的温度是低的，我的情绪是平淡的。

这些苏州评弹像多年的情人，贴着心肺，暖着人世间的悲欢。娓娓道来之际，已经天崩地裂了。

还喜欢张调，张鉴庭的《误责贞娘》《寿堂劝美》……是京剧中的麒派。嗓音都是沙哑的，仿佛一把时光的黄沙塞在喉咙里，听着听着就一把辛酸了。不到一定年龄听不了评弹，我少年时偶尔听过一两句，根本听不进去。

人至中年，迷恋这些沧海桑田的声音，还有那些评弹中的故事，有慈悲，有欢喜，有似水流年，有寻常百姓。

王珮瑜也唱过评弹，来自苏州的她是唱评弹出身，后来唱了戏，余派唱得非常文气。成名后她偶尔给大家秀一把苏州评弹，惊艳全场。

徐丽仙老师的声音也好，低调沉稳，丽调有很诚恳的憨厚，她唱《黛玉葬花》，仿佛黛玉在眼前："一片花飞减却春，风飘万点正愁人。"琵琶在她手中成了落花的簌簌杀气，那声音是交响乐中的浅唱，是书法中的浅墨，这悲情是对时光的怜悯，丽调让我想起一款陈年的大红袍，又酽又烈，但五味杂陈在心头。

年轻一代的高博文、陆锦花也好。锦花给我当过嘉宾，在同济大学的讲座上，她一身果绿旗袍出场，水绿水绿的，特别惊艳。

她人长得也妖，但唱起评弹来，有令人动容的地方。一个人长得太美会有一种忧伤，她的声音中有懒散的寂寥。

有一次在新乐府中听她唱另一种评弹，似妖似幻，有一种时光穿越之感，心旌摇荡之外，忧伤更多。

当苏州评弹成为我的日常后，我与盛小云、蒋月泉、朱慧珍、徐丽仙、严雪亭、徐云志、薛筱卿……成为前世今生里的知己，他们的声音陪着我，在早晨或黄昏里，独自惆怅。

有既见君子，云胡不喜的惊，有此外是空林的禅意，那琵琶声中，都是时光杀了过来，又脆又猛，片刻间，一天过去，一年过去，一生过去。

而苏州评弹仍然婉转地唱着，那把琵琶，还在一声声弹着，把时光弹碎，然后，一笑而过。

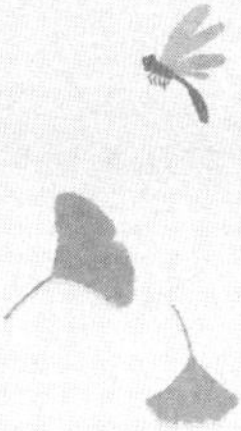

我知道，生活越接近平淡，内心越接近绚烂。我喜欢这种内心的绚烂，不张扬、不过分、不形式主义。宛如经历了世事的智者，也终于领悟到，太过用力、太过张扬的东西，一定是虚张声势的。而内心的安宁才是真正的安宁，它更干净，更纯粹，更饱满，更接近那个叫灵魂的地方。

婺源

如果你还没有去过婺源，那么，可以动心去婺源了。而且，可以明晃晃地动心。

婺源不是衣着华丽的贵妇，也没有丽江浓厚的胭脂水粉气，也不是苏州的软和糯，婺源是一个有些不谙世事的女子，穿了布衣素衫，鬓边别了一朵黄亮亮的油菜花，她有天地洞开的不自知。偶尔一笑，野气十足，可你就是无端端喜欢看她呀。真正喜欢一个人是不需要理由的，只要偷偷瞄上一眼，就满心全是欢喜了。婺源，有这样不俗的底气让人欢喜。

相比较东线而言，我更喜欢北线，幽静、人少。拼车时人已经有六个了，司机问我能不能和另一个女孩坐后备厢里，我看了一眼吉普车还算宽敞的后备厢说："行。"

山野间车很多，流水、竹筏、小桥、油菜花……我去过很多地方，婺源有着最浓厚的乡野气，是乡村真正有野趣的地方。很多乡村已经涂了极厚的脂粉，那野味已经浓艳了。

"她拿出来最后的惊人之美"，这句诗可以送给婺源。

我最喜欢的两个村落，都算是比较古朴的村落了。十年前我去了宏村、西递，那时它们还朴素动人，现在也人潮汹涌了。

但延村保持了原有的古朴与拙气，比李村要好。这些村落都曾经是古徽州的一部分，曾经在徽商盛极时，他们盖了那么多精致的徽派建筑。很多人春天来婺源是为了看油菜花，那十几万亩油菜花开得极铺张，简直要驾驭着天与地的亮色了。但是，那开在老房子前的油菜花更别有一番味道。一个老去矣，一个正灿然，它是它的见证。一年年，油菜花每年都来，看着房子由崭新变得风雨沧桑，甚至成了断壁残垣了。别人来看花，我来看这些老房子，延村的老房子那么破败，有一言难尽的悲欣交集。

那些繁华如一江春水，只留下被几百年雨水冲刷的漏痕，曾经的雕梁画栋，砖雕、木雕、石雕，都已残败如秋天之荷，只剩风中之茎、之骨。亦想起到敦煌看石窟，那残败之美一样击中柔软的光阴。魏晋时期的字画尤其大美，似不加粉饰的婺源乡村，它曾经那么好，所以，败起来也有一份彻底和干脆，像痛快地杀一个人，连喊疼都觉得多余。

那些老房子几乎都空荡荡的，偌大厅堂里偶尔有一两个老人守着盆烤火，厅堂里用山野间砍来的竹竿晾着泛着霉味的衣服。有些衣服甚至还有补丁。但几百年前，发了大财的徽商把扬州或杭州的丝绸带回来，一车车往回拿，马头墙上的气息夺人眼目……当年的鸡要喂最金贵的粮食，下出的蛋要一两银子一个……家里的仆人有十几个，大太太永远板着脸，穿着华丽地指挥下人给老爷多带土貂皮的棉袄，扬州的冬天也冷……那得宠的三姨太是大太太最厌烦的，小狐狸精就会撒娇卖乖，穿的衣服样式整个村子全没见过，什么时候老爷娶了第四个第五个，她也尝尝滋味吧……日子就这样一天天过去了，一代又一代的人死去了，房子的雕梁画栋都灰扑扑了，那八仙过海仍然是八仙，一个北方的女子看上那些旧窗户、旧条幅，花三千块钱买下来，托运到北方。

她觉得，她与那雕了八仙过海的老窗户是旧相识，在多年前，她曾经是一个红顶徽商的妻，那窗外开着黄灿灿的油菜花，他和她相对而坐……那些情景，只有这些窗户记得。

穿过那些盛开的油菜花，行进在溪水旁，那远方的老房子多像历经了沧桑的男人，唱了一句言派：“未开言不由我珠泪滚滚……”

她穿了杨丽萍设计的孔雀蓝的衣服，上面有龙图案的老绣片，她站在那些仿佛书法中的败笔之间，站在老房子前，一一拍照。拍照的人有的是游客，但因为村子偏远，游客甚少，有时要等上好久。多数时候，为她拍照的是村子里的孩子和老人，年轻人出去打工了，那些老人和孩子用她的手机给她拍，她看到照片中的自己与多少年前的旧人重逢在一起。她确认了信息，很多很多年前，她一定是这里的女人，然后跟着自己的男人去了杭州，然后，老去了，再也没有回来。

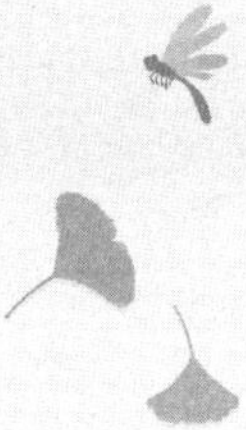

生活大部分的时光，是白茶一样的时光，静默无声，绵密而妥帖的好日子，连自己也舍不得惊动，这样的美，落寂而端丽，自有一种落花流水春去也，天上人间的美景。

杭州：最忆是江南

一定有个城市，住下来之后让人沉溺，哪也不想去了，就想在这儿发呆了。

那么，这个城市，只能是杭州。

别无它城。

江南忆，最忆是杭州。山寺月中寻桂子，郡亭枕上看潮头。何日更重游？

我少时读这几句，一直不明白，为什么，最忆是杭州？

来到杭州才知，只能，必须，一定，是杭州。

它的风情，不是别的城市可以模拟、可以相比的，是从骨子里一点一点沁染出来的，积淀了几百年的风情，伴着西湖水款款而来，南山路、法桐、旧居……

不，这些还不够，杭州还有一种秘不示人的东西在招摇着，一种得体的风情，在暗处散发出一种幽香，我说不出那种幽香，可是，分明被它征服了，成了它的俘虏。

仅仅因为西湖吗？

中国，还有哪一个湖的名字如此动听？不仅仅因为它的名字，还因为那些传说？或者，这一池湖水所带来的万种风情？

我宁愿把杭州比成一个女子。

苏东坡不无深情地说："欲把西湖比西子，淡妆浓抹总相宜。"一生中，有多少总相宜的东西呢？不是这里不合适，就是那里不舒服，但是西湖，是一个有些妖气、有些潋滟，却又那样让人依依不舍的女子。你迷恋的不是她的妖气，而是她的端庄，她在端庄的下面，又有自己的一分旖旎与妖娆。

杭州城，就在西湖的怀抱里。

你告诉我，到这样的城市，如何不沉溺？如何不想与自己的恋人发呆？是，仅仅发呆就足够了。

走在白堤，看西泠印社的金石篆刻，沿苔绿的石阶而上，空山无人，我只觉得自己是二十世纪三十年代的旧人，在这一方超尘的净土里与知音缠绵着，看着西湖水，刻一方闲章，上面写着旧字：银碗里盛雪。

还喜欢那些名人旧居。

燕南寄庐，盖叫天在这儿住了一辈子，白墙灰瓦，简朴而宁静，院子里的枣树都老了，我伸手摘一粒枣放在嘴里，似听到他在唱。而不远处，过了小桥，就是那一湾西湖水。

雾里西湖，最是妖娆潋滟。

荷其实已经是残荷了，配着西湖的秋，分外的缠绵。

风中的小鸟睡着了，也停在西湖边。

那木地板，散发出经久不息的浪漫气息，经典的灰，软软的质地，无限绵密，符合西湖的气质，不张扬、低调、包容，却足以让人心生荡漾。

夜晚走在杭州，像走在南宋，城市散发着清凉和烟火的味道，我点了龙井虾仁，很杭州的菜，又叫了西湖莼菜汤，这个汤，《生死桥》中的女子爱喝，她对自己的情人说，我要做给你吃……

我知道我体内有一种东西，与这个城市很合拍，很靠得近，我知道，这个城市有一种与生俱来的东西，它生出一个吸盘，牢牢地吸住了我。

当我漫步在苏堤与白堤之上，看法桐与垂柳、肥皂果摇曳，当西湖懒散的风拂在脸上，我无法细腻地表达出对于这座城市的喜欢了，因为身在庐山，我看不清，也读不透了。我只能选择沉溺了，沉溺在这座最风情、最雅致、最迷离的城，有人说，不到杭州，不知道原来人可以懒散地活到和风一样轻。

沉溺了，桂花开得正烈，香得失了神魂，这八月，适合来杭州，谈一场和城市的恋爱，与西湖交缠在一起，永不分离。

沉溺其实是一种极致的状态。

让人沉溺的东西一定让人过分迷恋……无论是人还是城，只有它，缠绕上来，带着这个城市的咸湿与散淡，我坐在西湖边，赤了足，把脚泡在西湖里，西湖的风吹着我黑黑的短发，我听到远处有人唱《白蛇传》：“你妻不是凡间女，妻本是峨眉一蛇仙……”

耳机里，有张火丁的声音纠缠，我喜欢沉溺于她的嗓音中，又厚实又浮艳，又冰凉又惆怅，她也唱着《白蛇传》，很深情：“情相牵病相扶寂寞相陪……”想那白素贞，连妖都不做了也要爱一场，图的是个什么？想了想，图的是个和爱情沉溺，管他是谁，不管许仙还是吴仙，只要是个男子，她定要来爱一场。

因为，这是她自己的爱情，与什么仙，没有关系。

因为，她要的是一场沉溺，哪怕从此被压在雷峰塔下，做不做妖又有什么关系呢。到底，爱是可以让人魂飞魄散的，一辈子有一次，够了呀。

等我老了，就住在这样的城市，听听戏、发发呆、写写字、品品茶，想想，真是人生的大欢喜。

我每到西湖仿佛都在投入一场热恋，与之交缠拥抱，与之呼吸缠绕，这种相遇让我充满了神秘，我在微微黑暗的湖面上遇到了久违的恋人，湿润而秘不示人……离开时，依依不舍，满怀伤感……

做妖，做人，又有什么关系呢？

南山路，我走在百年的法桐树下，恍惚是这里的旧人，亟亟赶回家去，给自己的爱人煮饭。他爱吃东坡肉，我要炖几小时，他还爱吃家常饼，爱喝龙井，我得提前把茶泡上。在饭后，我们坐在西湖边发呆，他倒在我的腿上，渐渐睡着了，我给他讲着《白蛇传》的传说，据说，后来白素贞从雷峰塔下出来了，她依然朱颜玉貌，而许仙，老了。

杭州，中国最美的两个字。我记得夜色中，我奔向了你，奔向了最温柔、最深情的你。

杭州，中国最让人沉溺的城，一生中，总应该选择一次再也不想挣扎的沉溺，再也不想了，最忆就最忆，永远的最忆吧！让我在北方微雨的清晨，想起杭州来，心情微湿，眼中有泪，何日更重游？一定有这一天。

我只负责一路沉溺下去，与这湖光山色一起，放眼众山翠，风动桂花香。

忙碌是相对的，过怎么样的生活全在于自己掌握。我忙碌，但我的心里是不慌张的——有什么好慌张的，生活总是要脚踏实地、一步一个脚印走完的。越来越觉得，把一坛咸菜腌制好比写好一篇文章更重要，生活永远是第一位的。

江南十日记

江南两个字，无论写出来还是说出来，都有欲说还休的味道。虽然我几次去江南，然而仍旧觉得不够，像一个怎么也爱不腻、爱不够的人，眼窝窝、心坎坎里全是爱，怎么可以够呢。

此次去的中国美院与浙江大学都是我喜欢的大学，去的大学越多越发现，大学和人一样，每所大学的气质与禀赋相差甚远。江南的大学本身文气就重，何况它们在杭州，在西子湖畔。

此次江南之旅，慧与我同行，未到过江南的她听到苏杭二字便欢喜，我也是近三十岁才第一次到江南，从此沉迷不可自拔。

还是坐 G37，廊坊上车杭州下。一路向南，草色、树木、建筑渐次呈现出南方特质，到杭州已晚上九点，美院的小谢已经在等我。慧手里有鲜辣辣的鸭头，每到一处，我们都是要吃辣鸭头的。

杭州的出租车例来难打，这次也没有例外。我们排了极长的队，终于打上，呼了一口杭州的空气，有种甜腻与沉溺，才是五月，花儿就香得扑鼻了。一到九月，甜腻腻的桂花简直像一个妖媚的女人，直索人命。

和一年前比，谢莹更生动了，我们初见是在浙江大学 TEDX 论坛，她是中国美院 S 教授的助理，一袭白色长裙，提着一个小皮箱，走在浙大校区，就是一道风景。

我们住到中国美院对面的连锁酒店，店主是女子，她用淘来的旧家具布置酒店，残荷插于枯木之上，铜钱草种在破旧的瓦罐里……我每次来杭州几乎都选择住这里，一是它自身独特的味道；二是它在南山路上。杭州的南山路与上海的衡山路我最喜欢，情调在其次，味道和气场是足的，自有一种吸引你的颓唐与悠闲。三是这里离西湖十景之一的柳浪闻莺只几步路，慧提前到，已在附近走了走。她说："可真美。"四是酒店在中国美院对面，我喜欢美院的建筑，自有特别的威仪，特别是钢结构的大门，深灰的颜色显得更是料峭动人了。

晚上十点，小谢带我们去西湖春天吃夜宵。西湖春天这四个字就好，西湖和春天都是动人之物，像绝配的情侣，一个翩翩，一个姗然，怎么样都端丽。粤菜点心，我点了皮蛋瘦肉粥与榴莲酥，又点了一例青菜，灯光下，这些食物分外有品相。三个人闲散地说着一些话，不知不觉已深夜。小谢回宿舍，我与慧到西湖边看夜湖。远处雷峰塔和保俶塔闪着光，湖水镀了一层银水似的，我对慧说："青妹，人世间居然有这么美丽的湖山……"分明把自己当成了白素贞。西湖是这样一个旖旎的地方，如果没有几分神魂颠倒，倒也不对了。

慧第一次来西湖，只说真美、真美，再无二话。

杭州有三家餐厅总是要排队吃饭：绿茶、外婆家、白鹿。绿茶一天二十四小时总有人在吃饭，它的菜品和装修都很文艺；外婆家有回家的感觉；白鹿更像是杭州人自家的后厨。我与慧在龙井路上的绿茶吃了很多菜，绿茶餐厅就飘在水上，江南五月总是下雨，饭总是吃得极缠绵。虽然我在菜单上写下了加辣，剁椒鱼头却仍然不辣，但绿茶的剁椒鱼头仍然是最好吃的鱼头。回到北方后，我一直想念绿茶家常菜的味道，特别是剁椒鱼头。

我也许不是在想念绿茶、外婆家、白鹿，我是在想念西湖和杭州城。

十四日下午，小谢带我们去游中国美院象山校区。南山校区是老校区，象山校区是新校区。我一向对新校区没抱多少期许，因为新的建筑又大又没有味道，几乎千篇一律。但象山的中国美院别有风味，甚至有震撼。

杭州绿化极好，即便到了郊区，依旧绿树成荫，那些水杉、法桐、槐树依次映照着多水的杭州。又因为有山，整个杭州就像是一个妖媚的绿森林，里面住着一个叫西湖的女子，还有白素贞、小青、许仙……

中国美院象山校区用青砖垒就，那青砖亦是旧的，倒没有一个大学的大门、小门用这种老式味道的青砖了，这里陡然生出了味道。院中建筑各异，但中国元素运用得淋漓尽致。青砖、竹子、旧瓦点缀，或干脆都用青砖叠就，那青是旧房子上拆下来的青，一层层旧的青瓦铺上去，倒像春秋了，或者更远。爬山虎爬得到处都是，整个校园仿佛都是用青藤点缀。那掩映在爬山虎间的小木门，前面就是湖水，总疑心门扉里会有一个女子推门而出，那女子已然不年轻了，可是看不出年龄，因为她和这个院子一样，充满了谜一样的气息……

院子里亦有麦子和其他植物，油菜花早开败了，整个身子都枯了，捆好放倒在地里。亦不去动它们，只觉得天地蛮荒，那姿态亦是端丽与从容，顺应天意与四季便是大美。

麦子亦是现出快熟的意味，这是人间五月，小谢说，他们根据季节不同，种不同的植物，接下来要种玉米。这样的美院仿佛就是如此，无比的应该似的。路边有松鼠与喜鹊跳来跳去，动人极了。

忍不住问了，谁设计得如此趣意盎然、又如此有别致风韵的美院？答曰，第二个获得普利斯特奖的美院教授王澍。几度问了澍字的写法，当然记得清。好的建筑是凝固的艺术，美到动人心魄，令人寂然。

我喜欢生活有瑕疵，这世上没有完美的生活，生活大多数时候不尽如人意，一定是的，太完美的生活必定会让人失望。

清衣阁

来过苏州平江路许多次，还是第一次与慧同行。苏州的流水不清澈，当年来时这里还在治理，如今仍然污浊，倒是平江路的小店更让人留恋。

有家叫停云香馆的小店分外清幽，陶罐、香、枯枝、残荷……店主蓄须，烧的是石炭，闲时坐坐，时光都是慢的。

猫的天空之城概念书店亦好，三两本清闲小书，一杯丝袜奶茶，涂涂写写的明信片……一个下午的时光就被浪费了。

每个闲情的小店都有铜钱草，指甲盖大小，像北方的半枝莲，随便养在小碗小盆里，放上点儿水就能活。我在长沙的时候第一次见到这种小小的铜钱草，便喜欢上它了。我喜欢这种小小的、平凡的小花小草，不张扬，却有一份清高与孤傲。

像朱可清。

拐进清衣阁时，便见一微胖中年女子，梳发髻，着斜襟灰色长衫，宽大的月白裙裤，面容黝黑，额头极宽。她并非让人惊艳的女子，不妖不腻，却自有一股沉香般的味道，从身上和她做的衣服里散发出来。

她亲手设计和制作的衣服，全部是棉、麻、丝绸、云锦……再亲手绣上苏绣。

裁剪是传统手法，不张扬，却处处是骨力。

我看上一件月白色旗袍，暗的提花，宝蓝色的扣袢。

试穿了一下。

她端详我，然后果断说：“有些短，你个子高，再长些会更好。”

我执意买下，因为喜欢它的老式裁剪和传统味道。这旗袍一点儿也不妖娆，不似《花样年华》中张曼玉那样的媚艳，倒似丰子恺小画中那家常女子穿的旗袍，孩子叫大宝、二宝、三宝……她着了这样的旗袍，低头做针线，脚下有叫阿黄的狗。

朱可清执意要做一条适合我的旗袍给我。

她送了我墨绿色的重磅真丝，那墨绿色像张爱玲的小说，有种光阴的苍绿之感。她开始量我的尺寸，非常细腻周到。在上海亦做过一件旗袍，旧上海小开量尺寸的手法，要量几十处。朱可清也一样，她用手丈量我的腰，发间有桂花油的味道。她说：“如果是春天，每天鬓间要别上一朵栀子花的。”

她对自己的衣服有难得的敬重与爱慕，仿佛价钱并不重要，不适合客人的几乎不推荐。

她又给我看淘来的绣品与首饰，都不显眼，却自有隆重与贵气。在苏州期间，我每天去两次清衣阁，其实不为买衣服做衣服，只为和她聊一会儿天，喝杯清茶。

这样的店，这样的人，像倒回了几十年。

回北方时，我带上了清衣阁的两件手工衣服和一大堆铜钱草。铜钱草是地里挖来的，盛在水杯里，晃晃荡荡地跟我回了北方。

我手机里存了朱可清三个字，有一天翻到这个名字，心里一阵阵旖旎，低头看身上衣，那月白色旗袍有暗暗的花纹隐在布间，那暗的花纹，便是清衣阁，便是朱可清。

深秋，安静喝杯茶，

穿过时光，笑忘往事。

“我昨夜梦见你了，还是几年前的样子。”

“我也是。”

叁·四方五味

楼下有些发黄的银杏树，屋里有翻滚的南瓜粥、甜睡的猫、煮好的老白茶加了陈皮，一屋子的香。秋有素素的清美，清凉里全是贴心贴意的温暖。人到中年，时已秋天，一切都恰如其分的好。

四方五味

一、辣

我是嗜辣如命的人，几天不吃辣，食不下咽、寝不能眠，人会立刻没精神。

出国时一定带“老干妈”，“老干妈”吃完了，人也快回国了。

我吃辣邪性，一顿能干一大碗炸辣椒，在我看来，辣椒不是个配料，辣椒是一道菜，我可以什么都不吃只吃辣椒。无论点什么辣菜，我都会嘱咐厨师：“加重辣啊。”

于是我在各地出差，一上桌就点辣椒，满桌客人就问：“湖南人？四川人？云南人？贵州人？”我是山东人，山东人不吃辣椒，或者吃得不多，但我从小就吃辣椒。我们全家人只有我一个人吃辣椒，后来我的孩子也不吃辣椒，这真奇怪。

如果酸是十六七岁的小姑娘，甜是三十岁性感、迷人、妖娆的少妇，咸是独守闺阁的佳人，辣就是四十岁左右的王熙凤似的女子——泼辣、干练、精明、大开大合。

四川菜又麻又辣，是麻辣；陕菜只香不辣，油泼辣子能香死人。刚出锅的热馒头，夹上刚泼好的油泼辣子，是销魂的“尤物”，什么也不用就，就可以昏天黑地，让人没头没脑地喜欢。我将来有了钱一定要雇个陕西厨子，为了陕菜和锅盔；湘菜是香辣，我爱湘菜的丰富，里面有小米辣、干辣椒、泡椒、二荆条，一份湘菜，半盘子辣椒。有时我把剩下的辣椒打包回去，再加上生菜、野菜重新炒，回锅油的味道是很迷人的，有种不清不楚的意味。贵州的辣椒又辣又香，他们故意把辣椒炒煳了，放点盐，就那么干吃。我家里常备贵州辣椒，从地摊上买来的炸辣椒，又脆又香，像一个阴谋，长期在我饭桌上，神不知鬼不觉地成了主角。

我有时候觉得真幸福，可以吃辣椒不闹肚子。我唯一不羡慕宋人的是，宋朝没有辣椒，辣椒是明代才传入中国的。总有人问我如果穿越会想回到哪个朝代？我总是答宋朝，但有一个条件，给我装上几罐子辣椒。

云南菜也辣，又辣又咸，但乖乖的，像遇见一个奇怪的人，想打招呼，又不知道如何开口。

我记得第一次去重庆吃水煮鱼，咦了一下：天，怎么有这么好吃的东西？热油滚烫着，鱼片鲜嫩，真像川剧的武场，急急的锣鼓点开始了，变脸的上来了，一阵金戈铁马之后，上来了“打饼”的小姑娘，妩媚地扭动着腰肢，然后配上一瓶扁二吃川菜，是一场火辣辣的恋爱了。是棋逢对手，是将遇良才。

江西菜和徽菜都辣，且重油。很多人以为我是江南人，但我的胃很江湖，重油重辣，又爱喝浓茶，我简直有个铁人的胃。

但我有几次被辣蒙了，一次是在云南，跟着CCTV10去拍纪录片《探秘蝴蝶谷》，云南农妇把辣椒吊在锅上，我问为什么不放在锅里炒，她说：“这就能保证辣死人。”我以为她吹牛皮，蒸几下就管辣吗，结果辣得鼻涕眼泪直流，直接服了。

第二次是在凯里，这个贵州的县城因为一个叫毕赣的导演而声名鹊起。我坐在凯里的火锅店吃火锅，那个火锅辣度难以形容，我这么爱吃辣的人，但那天，我是秀才，辣椒是兵。

我在海南吃过能辣死人的黄辣椒，叫了一碗牛肉粉，我以为自己极能吃辣，不顾旁人提醒，放了五勺黄辣椒，结果一边流泪，一边哈哈哈，一边吃，一边说："妈呀妈呀，真辣真辣。"

不信你可以一试，效果同上。读者们也知道我爱吃辣椒，有一年我收到一麻袋辣椒，就挂在阳台上几根几根地摘着吃，没有一年也吃完了。

最让我难忘的是一个下雪的黄昏，我打开冰箱，里面只有一块豆腐了。

我蒸了一小锅米饭，然后做了唯一的一个菜——麻婆豆腐。

郫县豆瓣化腐朽为神奇了，油又放得重，豆腐软软地躺在油中，软中带硬地骄傲着，软软的、柔柔的，油泡了它，辣椒裹着它，而我泡了一壶老茶就着窗外的雪，把麻婆豆腐放在白白的、香香的、热热的米饭上。外面灯亮了起来，万家灯火，雪越下越大，我把碗捧起来，筷子夹住米饭和豆腐，一口吃下去。

天呢。

二、苦

除了辣，我最喜欢的是苦味，苦味迷人啊，像求而不得的恋人。我觉得喜欢吃苦味的人都特别，一般人喜甜，甜腻。我几乎不怎食甜食，这点简直不像个女人。十七八岁的时候，和同宿舍的女孩子们去吃冰激凌、巧克力、蛋挞……我几乎不吃，就坐在街边看她们吃。我们中午聚餐，点了一盘辣椒炒苦瓜，又辣又苦，除了我，没有一个女孩子吃。我觉得这个菜太独特了，一边吃，一边赞叹，我在口味上不流俗。

周作人的书斋叫"苦雨斋"，后来又叫"苦茶庵"，但他不喜欢吃苦，最喜欢甜食，这点倒像他的性格，"苦味"是文人的精神追求，味蕾上，他要求的是云片糕、麻糖、蜜仁……

苦瓜做汤也好吃，清清爽爽地放上几片，再放几片肉，肉吞了些苦味，肉中又脱了腻，是绝配。苦瓜汤喝起来实在像春天。

怀素写过《苦笋帖》：“苦笋及茗异常佳，乃可迳来，怀素白。”怀素太可爱了，我喜欢他这样直抒胸臆：“苦笋和茶都太好了，快给我送来吧。”这么简单快意的人生，他炒苦笋时加肉吗？加肉味道才更好。

我用苦笋炒肉，新鲜的苦笋配老腊肉，油锅里放着滋滋的油，放了葱、姜、小米辣、桂皮、香叶，腊肉冒出了油，油裹住了苦笋，苦笋有了肉香，腊肉借尸还魂，更加生动了。

我能吃三碗白米饭。

但有一天我什么菜也没做，也吃了一碗刚出锅的热米饭。小的时候我总觉得必须有辣菜才下饭，中年后我才发现，没有菜吃一碗香喷喷的米饭也那么好，像干干净净的一个人。真正懂美食的人会发现，平淡最美、上好的白米饭干吃最香，配什么都觉得浪费。绝色的女人和绝色的男人，嫁给谁、娶了谁都是浪费，他只属于他自己。

现在流行一个词叫“干饭人”，为什么不叫“干菜人”，饭还是比菜重要。

写到这儿写馋了，当即去下单了苦瓜、苦笋，今晚我要做苦笋炒腊肉，辣椒炒苦瓜，一碗胡辣汤，再烙几张葱油饼，关键是，你来吗？

三、臭

除了辣和苦，我最喜欢的味道是臭。我妈常说不能以正常人的标准来衡量我，也是。

比如臭豆腐、螺蛳粉（一定要加臭加辣的）、臭鳜鱼、臭苋菜杆儿……

我小时候住的地方有个老头儿卖臭豆腐：“臭豆腐，臭豆腐。”他总加上一句：“臭豆腐真香……”他吆喝起来又有韵律，特别是在冬天的黄昏，总像一种温暖的召唤。那时母亲刚蒸了窝头，用羊油炖了白菜，我便想吃臭豆腐，于是小跑着去买，简直像走在狂欢的路上。

我喜欢在臭豆腐上滴上几滴香油，把它们夹在刚出锅的窝头上，简直是人间至味。如果窝头凉了，就放在炉子上烤一下，又黄又焦，脆脆的，再抹上臭豆腐，给个神仙也不换。

那时臭豆腐才五分钱一块。

我每次生病时，父亲就会说："莲，你想吃臭豆腐吗？"

这真是童年最好的回忆。

昨天晚上我烙了家常饼，用一半热水一半冷水和面，用的是石磨面粉，手上有股麦子的清香。

油酥用的是猪油，白白的猪油让饼温润香糯，饼皮又脆又酥，一口咬下去，简直想流泪。这饼光吃就满嘴小麦清香，像回到小时候六月的麦场。食物的最高境界大概就是回到它的本味，一碗热热的、香喷喷的白米饭，一张刚出锅的家常饼，都足以让人销魂。

但我总觉得少了点儿什么，哦，是臭豆腐。我找出王致和臭豆腐，加了几滴香油，夹在刚出锅的家常饼里，一口咬下去，妈呀，要命了。

我极喜欢吃臭鳜鱼，在去徽州时迷上了这道菜，徽州山水和臭鳜鱼相映成趣。有一次和王艺老师一行人去桃花潭，那是在出宣纸的宣城，几个人天天吃臭鳜鱼。王艺老师总是强调："服务员，上两条，两条！小禅老师爱吃。"我爱吃臭鳜鱼有名了。

我自己也烧臭鳜鱼，但总不如徽州的好吃，我便相信了菌群的说法。有人说把兰州拉面的所有佐料全拉到北京，包括兰州的水和面，做出来也不是那个味儿。这是对的，一方水土养一方人，臭鳜鱼在徽州最好吃。

南京的臭干子也好吃，长沙火宫殿的臭豆腐也尝过，去了后人头攒动，没有想象中好吃。南方人有“臭坛子”，打开后臭气熏天，放进去的苋杆子，过些日子便臭了，虽然苋杆子还是硬的，但芯儿已经软了，这是它最有魅力的时刻。

我去过桐庐一个叫潜庐的民宿，主人程先生带我去桐庐乡下吃特色菜，有一道菜叫“双臭”，这名字真好，动听且芬芳。

双臭就是臭豆腐和臭苋杆子，加重油和辣椒炸。一口下去，又臭、又香、又辣，还有说不出的复杂包裹着口腔，我一边吃一边咽口水。

我连续吃了几天“双臭”，简直欲罢不能了，简直不能原谅自己居然这么馋，而且，这把年纪了。多大年纪了？年过半百。但我看到蔡澜先生一生奔走在美食之路上，又想起明代的袁枚同学，也是孜孜不倦地吃，我又原谅了自己。

有人问这个“双臭”有多好吃？我回到北方后再也没有吃到，一是没有那种软软的臭豆腐，二是没有臭苋杆子。表妹问我到底怎么个好吃法？为什么三天两头提起“双臭”？为什么念念不忘？

我这样回答：“就是好吃到根本不想说话。”她说不足以表达好吃，我又说：“好吃到打耳光也不放过，地震来了也不怕，还坐在那吃，行了吗？”

她就呵呵地笑，说：“行吧。”

吃这么重要，中国人见面就问：吃了吗？不问睡了吗、渴了吗？一定要问：吃了吗？

但洛阳不一样，洛阳人见面问：喝汤没有？洛阳是古都，洛阳水席好，洛阳人爱喝汤，喝汤是大事。

吃也是哲学，怎么吃和谁吃，都是哲学。换了地方，换了人吃都不是那个味儿。

臭就是香，也是哲学，那么臭的东西，放在嘴里一回味，满口余香。我去欧洲时，吃过臭起司，夹在硬面包里，再夹一片牛肉，一口咬了，嚼劲十足，再来杯冷水，倒也难忘。

我还吃过一种臭蚕豆，又硬又臭，硌牙，一嘴臭，但有若即若离之美。也说不清为什么会喜欢，无事的时候就咬上几颗。年轻时候遇上个风花雪月的事情，一边吃一边落泪，那蚕豆的声响就格外喜剧，但也没影响惆怅。

近年来又吃，突然咬不动了。努力咬，牙费劲。知道有些老了，看见窗外，也是一片秋色，倒像我的中年，当下笑了，但一脸惆怅。

这次的惆怅是真惆怅。

硬一些、刺激一些的东西，一定要趁年轻吃啊。

因为老了，真的来不及了。

四、酸

我也爱吃酸，酸菜、酸汤、醋……最爱吃酸汤鱼，在贵州时每天吃，满满一大盆酸汤鱼，五斤的草鱼，放上配菜，飘着一层酸油汁，鱼鲜嫩的要跳起来似的，每次吃到扶着墙走。那酸味一直在口腔和胃里回荡，妙不可言，像爱而不得的人。我真喜欢那种爱而不得，酸酸的，一个人知道的酸，简直好极了。

山西人爱吃酸，每次去山西，每个饭店的饭桌上都有醋，每人一碟子醋，但山西人用碗喝醋，他们几乎是吃什么都放醋。有一次宏芳来家里，我做了一锅东北乱炖，她非要一碗醋，硬生生倒进去，然后一边吃一边流汗，简直看着都酸爽。

对，酸总是和爽联系在一起。

酸有一种绵里藏针的气息，悄悄侵略着。“吃醋”了，我吃醋了是爱情中最好看的样子，一个人不爱另一个怎么会吃醋呢？吃醋是魏徵要娶小老婆，他夫人闹到李世民那里寻死觅活，李世民说：“不让娶小老婆，那就赐死。”于是拿来一碗毒酒吓唬她。结果魏夫人丝毫不怕，一饮而尽。还好送来的不是毒酒，是醋，从此夫妻间就有了吃醋的故事。

最近又迷上了螺蛳粉，又臭又辣又酸，特别是那种迷人的、说不清的酸臭，像明知一个人有缺点还这样爱她，她脾气坏，她爱骂骂咧咧，她爱抽烟，她总是丢人、落后，可她是这个男人的至爱，这就是螺蛳粉。

东北人一个冬天几乎都在吃酸菜，酸菜猪肉饺子、酸菜汆猪肉……他们的酸菜是论缸的，家里没有几缸酸菜，简直是过不好日子的。

陕西安康也有民谣：“三天不吃酸，走路打蹿蹿。”他们吃酸汤面，把芹菜腌酸了吃。那个“浆水面”酸味十足，炸一碗辣椒，泼一碗辣子，可以三碗起。

俗语说：“南糖北醋。”南糖我再细说，北醋里山西醋是巅峰，宁化府醋最好，我家里就常备宁化府醋。南方福建永春醋好吃，微甜。镇江香醋吃饺子时蘸一下，是灵魂。

穷也和酸连在一起，“穷酸”，文人总被形容成穷酸。我越到中年越俗气，一不穷、二不酸。我愿意活成袁枚，到八十几岁临终时手里还有大把的钱，嘱咐儿子给亲友送丧信要用红纸写小字，就这么愉快地定了。

我自己爱吃腌白萝卜和腌胡萝卜，将它们放在腌菜坛子里，坛子是透明的，就摆放在窗台上，一抬眼，总能看到窗外的四季，春天的花、夏天的绿叶、秋天的枫叶、冬天的雪。我便随时夹出腌萝卜，切成细丝，再熬一锅粥，无论春夏秋冬，都是上品。

那萝卜丝，咬起来又脆又酸，是家常日子的好味道。

前几天山西的朋友又送了十斤宁化府醋来，我立刻包了一顿羊肉饺子吃。有一年我和一个朋友开玩笑说："如果有一天我们离散了，我就吃羊肉饺子。"

我没有想到真的离散了。我一边吃羊肉饺子一边难过，蘸着山西醋，心里就更酸了。

五、咸

咸是食物的灵魂，一道菜其他调料可有可无，但倘若不放盐，基本没法吃了。

民间说吃了盐长力气，做苦力的人吃的口味重，不吃盐干不了力气活，建筑工地旁边有卖给农民工的包子，真是能咸死人。问他们，他们说："不咸，不咸，一会儿出汗、出力气全靠这盐哩。"

周作人说他的家乡喜吃咸，咸菜、咸鱼，咸得齁人。我到绍兴吃过那种咸鱼，像吃盐，除了咸几乎没有别的味道。

记得小时候外婆和祖母做咸菜和豆豉，咸菜是雪里蕻，一层层往菜里搓盐，简直咸到只要吃上一点点就要喝很多水，但加了油和辣椒炒真好吃。

做豆豉要把豆子发酵，等它长了一层灰毛毛，然后加大量的花椒和花生，我母亲每年都做，放重盐，我印象中就是盐和花椒的味道，小的时候厌烦极了，不爱吃，人到中年反而爱吃了。问母亲为什么做那么咸，她说："还不是想吃一个冬天？"她后来做了一次不咸的，反倒没有那个味道了。

腌咸菜用粗盐好，最好是海边的大粒盐，我用大粒盐腌过萝卜，吃起来有朴素的香。

古代的盐商，富甲一方，特别是徽商。我去扬州看的那些园林，大多是盐商留下来的。

中国饮食南甜北咸东辣西酸，倒也不尽然。前段时间我去丽江，被咸到嗓子肿起来。我去吃酸汤牛肉和酸汤鱼，一直嘱咐少放盐、少放盐，还是被咸得咳嗽起来，回到北方后谈盐色变，好多天不敢放盐，但又觉得嘴里寡寡的。

我越来越爱做小咸菜了：腌黄瓜、腌豆角、腌萝卜……盐让它们转化、生动。

因为想又好吃、又不咸，我每次放的盐并不多，我这才明白朋友的话："咸菜不咸得有钱有闲，咸菜假如不咸，那还叫咸菜吗？你想想，十斤黄瓜才腌一二斤咸黄瓜，又配以姜、蒜、花椒、小米辣、白酒、老抽……不咸，也就不是咸菜了。"

有一次我放盐太少了，没有几天咸菜就臭了。

我一下子知道盐的厉害了。咸，能保证食材不腐不烂，咸才是定海神针。

六、甜

我不喜欢吃甜。

一点儿也不像个女的，有人这样说过我。

后来我又看了一句话，说中国文人和中国文章的特色就是秋冬和苦涩的，便多了欣慰。甜腻的东西总是缺乏些高级感，悲情的艺术得以永恒。

南人比北人喜甜，去马来西亚、日本、泰国……甜点店永远排队。

广东人、浙江人都爱甜食，福建的花生汤也甜。

周作人喜欢甜食，茯苓饼、云片糕、桃片……我都不喜欢吃。

中国文化有茶气和药气，也有秋冬之味，甜味甚少。我几乎天生不爱吃甜，但我会炒"糖色"，每次炖肉都炒糖色，把糖浆裹在肉上，再放上红烧酱油、生抽、老抽、料酒、红辣椒、葱、姜，烧出来的肉是人间至味。炖肉不炒糖色是不行的，那浓烟冒出来时我有无比的快乐。

苏州菜、无锡菜真甜，到苏州吃鳝鱼丝，甜得要命，当地的名菜，我只吃几小口。

杭州有桂花糕、桂花羹，我也是尝尝，不过是想赶上桂花里的秋天。

甜腻的事物总让我感觉危险、轻浮，但我羡慕叽叽喳喳的年轻女孩子，坐在甜品店里吃甜品，圣代、奶茶、冰激凌、巧克力……都和浪漫温情有关，我只有羡慕的份儿，我好像从年轻就老了，一直喝茶、听戏，从二十多岁到现在，没有热爱过甜品，没有过夜店狂欢，但已经五十岁了，还是稍有遗憾。

我父亲喜欢沙琪玛和江米条，还有老式的"糟子糕"，后来他得了糖尿病，馋得慌。我给他买了无糖食品，他说："不是那个甜味，不对，还是馋得慌。"他想念甜，甜却离他很远了。

我表妹喜欢甜品，一直吃甜品。我们出差，她在机场买十五块钱的冰激凌，她在冬天喝奶茶、吃冰糕、吃巧克力圣代，一次次企图让我也同吃，我不吃。

庚子年我一直在喝岩茶，正岩茶，名字也好：不知春。

我努力回想自己吃甜食的记忆：小时候父亲去上海出差带回的大白兔奶糖，后来爱吃榴莲，想想乏善可陈。我不勉强自己，过生日时总有生日蛋糕，我只负责吹蜡烛。

在这一点上，我绝不是个"甜腻"的女人。

嗯，不是。

黄昏来的时候，街上行人多起来。妇人们穿得极妖娆，才五月，就热成这个样子。在门边看着八大山人的画册，那孤独的鱼，那孤独的花，那孤独的山水。再看门前浮世里的生动，忽然觉得活着的好。

厦门：时光是用来浪费的

真的，厦门的时光是用来浪费的。

从前，我心疼着时光的走失——我算得上惜时如金的人，我早起，从不贪恋睡枕的舒适；我写字，写到手出了细汗；眼睛疼的时候，不宜看电脑，我就从当当上订了很多书来看；后来看字不行了，我又订了达利和毕加索的画册——我真的心疼时光。

在厦门，我却觉得不浪费才是真正的浪费了光阴。

鼓浪屿的琴音，老房子散发出的旧光阴味道，都是懒散的、迷人的。待在这里，走在老巷子中，闻着海水散发出的咸湿气息——原来，好光阴全是用来浪费的呀。

每到一个城市，我愿意打车没有目的地乱转。没有目的，也许这本身就是最高境界的目的。我很少看地图，一是方向感差，地图在我手中基本上就是一张有地名的纸，我分不清东南西北，甚至在我住的城市都会走失，都会问，哪里是南方？

对南方的向往，一直停留在我的心里。

南方，有一种茂密的潮湿，阴气十足，有宋词的触感。我每到南方，都萦绕着一种情绪，挥之不去，我被南方附了体。

但厦门没有江南的阴柔，它却也有着别样的味道——来自闽南的味道，山野的味道，带着异常的、芬芳的、自然的、甜腻的味道，有恰到好处的抒情感。

我去的第一个地方是厦大。

对厦大，我有着充足的好感。当年高考时，这曾经是我的第一志愿。我喜欢海边、椰子树，喜欢“厦门”两个字。中国的城市中，厦门的发音很独特，特别是这个“厦”字，有一种特别的意味。不香，但在风吹浮世里，觉得异常的妖娆。而厦大，据说是全中国谈恋爱可以谈得最浪费、最奢侈的地方，我喜欢这种地方，最浪费的地方，想想吧，多有说不出的吸引力。但我如期落榜。

在厦大游走的时候，我感觉咸湿的海风吹到脸上。有人说，大一大二的学生不在厦大老校区，因为面向大海，有无数的木槿和凤凰木，不恋爱老天都不答应，于是这些学生被分配到另一个闭塞的校区。大三大四，毅力坚定了，能经受爱情的摧毁了，才能回到这中国最浪漫的校园来。不得不承认，厦大，真的美到让我心动。如果读大学，不在此谈一场惊天动地的恋爱，真是说不过去的。

我还喜欢把时间浪费在厦门的老街上，椰树参天，多数不结果。公交车一直在放闽南歌，几乎是一个调子，唱着情和爱。我花了十块钱在路边买了一张 CD，回来后听得也动情。闽南话有一种纠结，简单里有着最原始的饱满和激情。我喜欢听闽南话，虽然粗糙些、不细腻，和吴侬软语比起来，不够旖旎婀娜，但是听起来，却有沁人心脾的温暖，可靠、踏实。很民间的歌手们，很认真地唱着、说着。

夜晚，坐出租车穿行于海上的演武大桥，人好像浮在海上似的，似一朵海上花，飘呀，飘呀。我去海边喝啤酒，海风吹起我的短发，身边的侍者穿着东南亚的花短裤，这样的时光怎么可以不浪费。

这样的穿越，白天黑夜，我来回走了四五次。沿着海滨大道，一路穿行着，看凤凰木开着红色的花，道路上有五线谱，上面刻着《鼓浪屿之波》。而海的对面，是台湾，对面的烟火，让我隔岸观着，却也异样的亲切着……

满街的凤凰木开得真浓烈呀，那些花好像突然热恋似的，怔在那里了，发着呆，更像一个女子羞涩了，低下头，真好看呀。

而我最喜欢的，还是把时光浪费在鼓浪屿上，那真是中国最美丽的小岛，至少在我心中是。古希腊三大柱式、哥特式尖顶和门窗、罗马教堂的十字廊、英式落地门窗、西班牙尖叶窗……建筑是凝固的音乐，多数时候，也是散文，是诗篇，是动人心弦的格调——我真喜欢老建筑，哪怕颓败了，也别有一种动人的味道。

我走到没有机动车的鼓浪屿，走在曲曲折折的小巷里，去看那些有着光阴味道的老房子，它们的美是凋零的，光与影打在衰老的红砖上，于是显得更老。老房子内飘出的动听的钢琴声和着海浪的节拍声包围在身边，一种前所未有的静谧和安详让我想留下来，发发呆，听听海潮升起落下，一天天，也就老了，老了，就成了这有味道的老房子，看着腐朽，可是，一定味道十足。

是夜，住在海上花园酒店，这里有着人间极不真实的虚幻。没了游人的鼓浪屿有一种迷离，我走出酒店，一个人茕茕独行于那些老房子，仿佛借尸还魂的人。我坐在林语堂旧居发了很长时间的呆，听着蟋蟀叫，门口的瓦罐已经破了，里面有野生的小花。多年前，我是否曾在这里住过呢？有爱着自己的夫君，我是他娇媚的新娘，早起，洗手做羹汤，也放了肉松，亲手制作了鼓浪屿的小馅饼，一人一口地吃着。

月光下，斑驳的红砖墙、布满岁月痕迹的老门楼和院内的百年老榕树散发出一种迷离的意境，咖啡馆内的灯光十分昏黄，像家。我走进去，坐在靠窗的位子，要了一杯黑咖啡，有些微苦，加了一点糖，有的时候，微苦是惆怅的，是让人想念的。我知道我会想念这座小岛，它侵略了我的内心，暗合我怀旧的心情，我愿意把更多的光阴浪费在这里。

好时光，真的都是用来浪费的！

浮动的光影里，我坐在小莲花旁边。读着一本线装书。日子过得极快，飞刀似的，割着时间的机头。拼了一生，所得所求不过是这平淡素日吗？

入闽记

闽字真有趣，里面有个虫子在爬，这个虫子也在我心里到处爬着，我的心里，有活色生香的福建。

想想这二十多年，我几乎一直在路上，除了江浙沪和徽州，去的最多的就是福建了，闽南最多，闽北次之，闽东更次之，闽西去得少，但我念念不忘。

我第一次去闽南仿佛入了迷雾，听不懂的闽南话，吃不习惯的闽南美食——海蛎煎、沙茶面、花生汤、土笋冻、桂花蛤肉、面线糊、扁食、鱼丸、田螺肉碗糕……我的味蕾体系在这里一直更新、替换、提醒，从不习惯到渐渐习惯，然后半夜跑到泉州小巷子里喝花生汤，吃面线糊。

算来闽南泉州我去得最多，总有十来次。我在开元寺里喝过茶，吃过东关的肉粽，在老街上吃姜母鸭，在刺桐花下看人下棋，在梨园剧园听曾静萍老师唱梨园戏，和泉州人傅老师去他的乡下看戏、喝茶、看闽南建筑，到古厝里听南音、去风雅颂书局发呆。

我也见识了那么多有意思的人和事。“当代汤显祖”王仁杰老师，我管他叫“老狐仙”。我每去泉州，他便带我去最有趣、最生动的馆子里吃饭，去晋江的老市场看庙宇、吃地摊，我们站在老市场里抽烟、听戏、吃海蛎煎。王老师庚子年仙逝，享年八十岁，从发病到去世不过一周，那时北方大雪，我托连真献了花篮，一个人在北方落泪。再到泉州，再没人带我去逛晋江的地摊了，说：“管他呢，吃吧喝吧，有趣就行了。”

那个帮我献花圈的人叫连真，和我一样的高个子，微胖，开了个书店叫风雅颂，泉州的文化地标。我们来来往往许多年，她来禅园，我去泉州，她的书店我都去做过讲座。我们一起山呼海啸地吃、聊天、谈《山海经》，在精神的经度和纬度上棋逢对手——她笑起来坦荡荡，像天真的女生，一米七五的个子，简直不像南方人。

庚子年九月，我和她，还有蓝净，三个女人去福鼎。那天我生日，又喝多了，吃着她拿来的美心月饼，在福鼎的海边秉烛夜谈，她真是有魏晋风度的女子，偏偏在闽南。

对了，我的长筒袜大部分是连真给我的，她去购物，总是问："要不要？包长！"

"要，要，要！"我说。

我们这么高的个子。

谢谢泉州有连真，我表妹给她起了外号"连大条"，说她太可爱了，大大咧咧、粗粗犷犷、天真烂漫。这么好听的外号，我可没舍得告诉她。

泉州还有我欣赏迷恋的女人曾静萍老师，当之无愧的梨园皇后。曾老师是我去泉州的动力之一，听她的戏、看她单纯朴素的微笑、吃她做的饭，特别是润饼，曾老师做的润饼是我吃过的最好的润饼，简直了。

我和曾老师在蓝净的伯勒小镇做过一次对谈，至今不忘。曾老师快六十岁了，眼神里全是炽热干净的光芒，我自愧不如。

想念泉州大大小小的寺庙，总有几千座吧。想念那些乡下的闽南红砖房子、土楼、香樟树，门上的门神、戏曲画，还有说不清的闽南话，总像唱歌，像念诗三百，心里的婉转千回，瞬间可以被催发。

记得去厦大讲座，骄阳和表妹都在，我与骄阳在操场上听海水的声音，又去鼓浪屿岛上来来回回走。去的多了，忘了还和谁去过了，但记得家家户户传来钢琴声，又记得岛上有人喊看日出，还有椰子树、槟榔树、馅儿饼……人潮汹涌。

还有一年去漳州，我们特意去了女排的训练基地；闽师大讲座那天，我穿了白衬衣。

总是选择在冬天去闽南，仿佛候鸟南迁，惧冷的我贪恋闽南三九天二十五摄氏度的温度，我想在南方的艳阳下穿着白衬衣逛街。

闽南的老街真中国啊，古老而雅致，文化而颓散，红砖、骑楼、张望雨水的女人。

我手里拿着土笋冻，觉得里面的虫子可爱极了；我要了正宗的面线糊和花生汤。在闽南，我的手机里永远放着闽南歌。

我好像是个闽南人一般。

我对闽东记忆最深刻的城市是厦地和福州，二〇二〇年我的第一场讲座就是在厦地古村的先锋书店。

先锋书店的创始人钱小华先生既是诗人又是开书店的人。他在安徽的碧山书局和云南的沙溪白族书局我都喜欢，腔调十足，我也曾受邀去几个书店讲座过。我在南京五台山先锋书店做讲座的那天人山人海，昆曲艺术家柯军先生是嘉宾，钱小华先生一秒拍一张照片，全是黑白照片，但拍的每个人神韵俱佳。把摄影器材交到一个诗人手里，每一帧都是艺术片。我看他拍的北岛、欧阳江河……都好。他在电梯里拍我，迅速如闪电，我躲闪不及，面上到处是油光，到处是灿烂，但，好极了。

钱先生又邀请我去厦地的先锋书店讲座，是做一周年店庆嘉宾。我穿过一生中经过的最多的隧道，从福州长乐机场到了厦地古村。

我记不清有多少隧道了，一条又一条，我们在闽南歌的伴随下穿行，三个小时后才看到在村口等我的年轻人们。

他们有的是先锋书店的员工，有的是来厦地开咖啡馆、志在修复古村的年轻人。黑暗中的他们，朴素、典雅。村子里黑极了，满天星光，溪水从山上流下来，昼夜不停地流，就在我的窗下，声音轰隆隆，夹杂着雨声，是闽东古村落的地老天荒。

我见那书店在一片稻田间，金黄的稻子恰巧快成熟了，远山、稻田、老房子。

我便在稻田间一直走啊走，也放歌也纵意。恰巧那天是我生日，这是秋天的馈赠，我便在稻田间跳舞、奔跑，在柿子树下看小庙宇的财神爷微笑。

村子里的人几乎都搬走了，来了的年轻人便修复、看守、开咖啡馆。

我与这些 90 后年轻人听着溪水、喝着闲茶、看着月色聊天，溪水流过窗口。乡村小卖部的东西加起来不够一千块，四个男人在明晃晃的灯泡下打牌，像是贾樟柯电影中的镜头。村子里灯光极少，到处黑黝黝的，像我小时候。

年轻人们说着梦想和情怀，此时，深山、秋雨、古村，远山如黛；自然界里的昆虫在叫，昆虫声、溪水声、风声，满天星光。一切不被惊扰，是最原始的感动。我们在月光下看星星，枕了溪水，吃茶且听风。

这个村子至今不通快递，哪怕是顺丰。先锋书店的三个员工在村子里已经一年多了，脸上和眼神有了独特的气质。稻田是一个二十八岁的年轻人种的，年轻人来自广东，用土种子种地，现在稻谷快熟了。我坐在稻田边，一边喝茶一边听青蛙在叫，我觉得我是活神仙。

我又去逛屏南县的菜市场，是小怡带我去的。这个来自广东的女孩子目光坚定，语气温柔，她来古村做义工已经三年了，说起古村落修复便有着独特的坚定和骄傲。我离开厦地时她说要给我寄自己种的百香果，我刚到家没几天百香果就寄来了。现在我一吃百香果就想她、想厦地。

我在菜市场里吃了屏南的农家青草汤、招牌鱼粉、秘制花蛤粉，哦，还有芋头面。芋头面好吃极了，几块钱一碗，电视里放着的港台片像二十世纪八十年代的场景。我又吃了猪尾巴冻，在桥上理了一个发，六块钱。

但我最记得的是古村的雨，中年听雨客舟中，深山、稻田、秋雨，松风阵阵、停云慢慢。

那是在稻田间的先锋书店，我坐在玻璃窗下喝咖啡，穿了黑色长裙看远山和稻田，像油画、像传说。这张照片定格在了我的中年。

一切皆可怀恋，但我最怀恋的却是一个人的风华，天命之年，行万里路胜过读万卷书了。

我枕了溪水，吃过老茶，也闻了稻香，又在最美书店做了分享会，听了几夜溪水从头上跑过的声音，连真和蓝净便来接我去福鼎。

福鼎的老白茶好，前几年我萌生了做茶的念头，又喜欢老白茶的调性，索性用自己的书名做了两款茶：一款叫少年雪白，一款叫惜君如常。这次居然要到蓝净的老家福鼎。

几个人开了车，穿了云海、竹林、雾海，又过了很多隧道，终于到了福鼎。在山顶上喝茶唱戏，吃土鸡土鸭，半夜又在酒店开了红酒，三个女人一台戏，说到言无不尽，彼此羞红了脸，又去海边看芦苇吹风。中年女人，像一款汝窑，外面已经是时光的风雨，沉淀下来看，是令人动容的灵魂之光。

到福州后，我见到了心念多年的故人慧娟老师，她比我还年长几岁，能用英文写论文，脸上荡漾着南方女人的精致和妩媚，医生的职业使她保持着自律、干净。我们在极雅致的地方吃素食、喝老茶……窗外是三坊七巷，屋内是三两知己。

特特是唱戏的年轻男子，科班出身，他唱了《牡丹亭》，十分婉转婀娜，男人妩媚起来也真是要人命。

这个九月的福州分外南宋。

我每日游走于三坊七巷，满城桂花香，风动故人来。我上次来三坊七巷是五年前了，只记得半夜跑去看午夜场电影……

来来回回走在巷子里像走在宋朝的时光里，那些有味道的老建筑太美，有文化意味的设计、植物、楹联太美。那些楹联太有古意："侧身天地更怀古，独立苍茫自咏诗""遥闻爆竹知更岁，偶见梅花觉已春""戏墨文心侠气东坡酒，抚弦妙谛闲情陆羽茶"。

我没有想到福州会这么迷人，之前虽来过几次，但我想我忽略了福州的好，厦门的洋气和泉州的古典掩盖了它的光芒：福州是温和而内敛的，干净清爽的街道上有一棵老榕树，远处的桂树散发散淡的幽香。

三坊七巷黄昏后更像南宋，有人在雨中慢行，有人在树下喝茶。那些老房子有了灵魂，黑、灰、白的底色下，黄色的灯火阑珊处，是一棵又一棵立于门前的老树，门前褪了颜色的对联全是中国文人的古意，一个人心里有诗意才会写出这样的句子。

我坐在福州最禅意的院子里喝最妙的岩茶，面前是我欣赏的少年人和中年人，他们用闽南语交流，语速和声调都很迷人。

麒麟书局的年轻人请我去福州老店“一间楼”吃地道的福州菜，那一屋子的古董和古镜分外迷人。福州菜味甜，糯糯的，荔枝肉、淡糟炒蚬子、海蛎抱蛋、红糟肉、南煎肝、菊花鲈鱼……微甜之味是恋爱的感觉。

收藏古籍的男子眼神干净明亮，他说：“你下次再来福州，我给你看我最珍爱的古籍卷本，明代的书翻起来很舒服啊……”

一直在福建乡下保护古建筑的年轻女子，应了我下次自驾仙游，我说仙游这两个字巨好，她说：“那儿的雕塑和戏曲更好……”

人已中年到秋景，人已是戏中人，戏亦是人中戏，人也生出了戏韵。

福州真迷人，像一个妩媚的中年女人，是昆曲中游园那一段，有人在街巷间唱闽戏，那声音绵软坚定，透明晶莹，隔墙传来，像一株清清淡淡的桂花，干干净净地入了我的耳。

我就这样爱上了福州。

闽北我来得并不多，但整个福建，我最爱的是闽北，因为武夷岩茶和闽北菜。吾爱茶，一直觉得最爱普洱和白茶，如今颇中意岩茶，曾经去看山场，喝手工茶，也曾经只喝谁谁做的茶。

闽北菜更中我的意，重油重辣。武夷山紧邻江西的婺源，江西菜便重油重辣，我从小无辣不欢，吃了这样重口味的菜，再来泡大红袍或水仙、肉桂压惊，对于我来说，即是人生圆满之一。

难忘十一月到武夷山，北方正白雪飘至北风呼啸，但南方的武夷山一片秋色迷离，像北宋的山水画。北方的十一月是龚贤的山水，焦墨里全是冷峻，像一个有了心事的中年男子。南方的十一月是沈周的山水画，清澈而高古深远。

武夷山二十五摄氏度的温度让我想在湖边翩翩起舞，湖上飘起来的水汽像迷雾、像一场梦，水鸟在湖上游走，远处有亭子，亭子下有僧人喝茶，茅草屋下有农妇用铁锅炒菜，火是柴火，柴发出啪啪的响亮之声，像一场炽烈的爱情。

我便和农妇说喜欢她炒的武夷山土菜，又辣又香又有锅气。她便问我啥叫锅气？我笑着说："我也说不清啥叫锅气，但锅气是个迷人的东西。"我指给她看厨房黄黑的屋顶和墙壁，还有屋顶上的油垢，那个油光光的大铁锅……武夷山的菜有迷死人的锅气。

我坐在柚子树底下，喝着手工岩茶，吃着带锅气的辣菜。一抬头，看见月亮挂在一个个大柚子上，秋风吹过来，多少风情在无边无际地荡漾啊荡漾。空气中有说不清的欲望，院子里有人在烤土鸡、土豆、红薯，有人在三角梅下嗑瓜子，那些三角梅疯了似的长，红、黄、绿……我第一次发现三角梅有点儿像疯婆子，那不管不顾的神情实在可爱极了。

我又爱上了武夷山的街头小吃：芋头饼、辣鹅肠、猪油拌面、锅边……

我简直没有见过比武夷山更爱芋头的城市——芋头饼、芋头饭、炒芋头丝、芋头肉……槟榔芋头让我着了迷，每餐都要有芋头。

我早餐去一个苍蝇馆子里吃猪油拌面，一碗锅边，两个芋头饼。吃饱喝足便到街边茶店去喝茶，家家茶店都热情，可以喝到饱，舒服而满足，像老年养生街景，但实在是好。这顿早晨的花费不过十块钱，猪油拌面五元，芋头饼一元一个，锅边三元。茶是免费的，还有热情的茶店老板免费聊天。

很多个武夷山的早晨我都是这样过的。

立冬那天，我去了传说中的茶场鬼洞和三坑两涧。武夷山有迷人的、说不清的菌群和经度、纬度。朋友在鬼洞有一小块茶地，九十三棵茶树，每年可采六十斤青叶，每年制六斤茶，每一泡都珍贵无比。

我暗暗许愿：希望余生每年的十一月都在武夷山，我要喝武夷山最正宗的岩茶、吃土灶做的有锅气的菜，去各个茶场闲逛看茶，到烟火街巷吃小吃，去深山里寻野看风……山中寻桂子，松下喝老茶。

等老了，如果选择一座城市生活终老，我有三选：国外是京都，国内大城市我选杭州，小城我选武夷山。

我记得在鹤鸣山居的夜晚：山中、翠竹、老树、亭子，有水汽的湖，山顶的日式茶室，湖里的飞鸟，山上隐居的僧人，每天深夜对着月光喝茶听戏，都是值得被记录的片刻。

对闽西的记忆是在龙岩和三明市，我只去过一两次，只记得那里是海内外客家人的祖地，还有一次是和什么协会去探访革命老区，印象也并不深。

“客家人”三个字很客套，有一次我去安溪到清水岩，在清水岩古寺看到一棵千年老樟树，当地人说它成了精，所有的枝子全朝向北方，下面有一块碑，上面四个大字：枝枝朝北。

自宋以来，大批北人为躲避战乱逃往南方，福建是北人聚集地最多的省份，这些北人的祖上很多是河南人，所以，他们在碑上写下四字：枝枝朝北。

南宋高宗时，一个叫孟元老的北宋遗老，怀念彼时东京汴梁，写下风物盏盏的《东京梦华录》，而我此时想念无限旖旎的福建，写下了《入闽记》。

只记得，要炖一锅排骨，煮一锅浓汤，焖一点硬一些有嚼头的米饭。这是时光赠予我的人间烟火，我低下头去，擦桌上的尘。我的心里充满了欢喜意。

入黔记

想来不去“黔”得有六七年了。黔字真好，黑今是黔，有莫名其妙的巫气和神秘感。我上次去是到黔东南，只觉得绿幽幽的好，又没有高速公路，那里是留在我心底的田园牧歌，还有回荡在舌尖记忆中的鱼腥草和木姜子味道，哦，还有胡辣椒。黔的味道想想就是这么野性、莽撞、调性火辣。

鱼腥草又叫折耳根，很多人吃不习惯，觉得在吃草，又一嘴腥。但喜欢吃的人简直是上瘾，但凡让人上瘾的东西开始都不好吃，比如辣椒、苦瓜、烟、酒……鱼腥草的味道奇怪极了，又腥又味，有种钻入肺腑的腥，吃不惯的人会落荒而逃。有一年，我在北京贵州大厦和朋友吃饭，她吃了一口鱼腥草就吐了。

鱼腥草和折耳根的名字都好，不知哪里好，反正就是说不出的好。这两个名字也有野旷的美，像江面上吹来的凉爽的风，带着腥味，这腥味是淡淡的惆怅和性感，是欲说还休的。鱼腥草缺的是懂它的人，真喜欢了，如同和一个有特点、有个性的人谈恋爱，会让人产生心慌意乱的迷乱和冲动，吃了永远想吃。

木姜子也是，鲜木姜子味道太刺激了，我第一次吃就被呛了一下，又腥又野性。但很快就适应，并且上瘾。我还买了木姜子油，拌凉菜时放上，简直了。

但，我最迷恋胡辣椒。迷恋这个词，只馈赠于让人舌尖上有冲动的食物，在我心里排第一的是辣椒。

我不知道自己嗜辣如命随谁，全家人除了我几乎都不吃辣椒。我吃辣椒不是吃一般的辣，我吃重辣，甚至有时候吃变态辣。总觉得不吃辣的人没趣味，连辣都不吃的人，人生得有多寡淡。记不得什么时候开始这么浓烈地吃辣了，像一场重口味的、持久的爱情，热度一直不减，而且有越吃越辣的嫌疑。

湖南的辣是香辣，辣得心旷神怡；四川的辣是麻辣，舌尖上一直回荡酥麻；江西的辣重油，吃完辣一嘴油；云南的辣野调调的，和贵州类似……

贵州的胡辣椒好，好在那个野性的调调和苦味。

炒辣椒时一定炒到煳掉，颜色变黑了，然后再手工搓成辣椒面，做蘸水时放上几勺，可以辣到勾魂。

我想起黔，想起最多的就是山山水水，还有这碗胡辣椒。胡辣椒是贵州的 DNA，折耳根是如影随形的乡愁。云贵高原上孤独的云，是贵州人的想念，走得越远，看到那绵羊群一样的云，越会默默流泪。

下了飞机，喜爱、李燕姐、悟心来接我。五月的贵阳还很冷，街上还有穿棉服的人。龙洞堡机场的远山格外幽绿，云很低很低，刹那间被云折服，那些云是有灵性的云。

晚餐在贵阳的小馆子里吃到了各种辣椒和地道黔菜，野生鱼火锅、丝娃娃、豆腐圆子、辣子鸡、黄辣丁、青椒拌豆腐香干、脆皮四季豆（味道很怪很迷人）……

蘸水很重要，蘸水不好，所有菜的魅力至少减一半。黔菜怪而野性，像生性自由不羁的女子，折耳根和木姜子给野菜定了江湖。这碗蘸水，是贵州人的命根子、心头好、朱砂痣。一个贵州人的餐桌，不可能没有蘸水。

这碗蘸水要放胡辣椒、大蒜、香葱、花椒、酱油、醋、木姜子油、苦蒜……贵阳的十天，我用蘸水蘸了一切，甚至糍粑。

贵阳有一句话："热糍粑、冷粽子、高婆娘、矮汉子。"刚出锅的热糍粑沾上红糖，要命的软、香、糯；脆皮怪味四季豆做下酒菜相当讨好；松柏枝熏肉味道没法再正宗了；最迷人的是丝娃娃（相当于北方的春饼），裹了十几种小菜，像裹了一个嫩嫩的小孩子，然后，浇上汁儿，吞掉。

主人王劲又上了自酿的米酒，李燕姐、悟心、王劲都开始吸烟，她们说贵阳女子多吸烟，尤其年轻漂亮的贵阳女性。贵阳有炸烈烈的野性和激荡，不吸烟仿佛不足以平复那内心的炽烈。贵阳女子说话还大声，比重庆和成都还大声，简直像吵架。尤其是喜爱，每次说话都高八分贝，但真实率性又可爱，带着几分她不自知的性感。

我也入乡随俗，开始抽烟。祖母姐姐说女人到中年可以吸一吸香烟，因为一是可以保持体形，二是会多几分妖娆和味道。我是从二〇一七年春天开始吸烟的，抽的不多，三两支，也没瘾，也不是那么想抽。但一到贵阳，仿佛可以放肆起来，就一支接一支地抽。李燕姐姐抽烟最迷人，像老上海人。

一边吃蘸水一边抽烟，蘸水和烟，此时在贵阳，真是一种灵魂般的存在。我来云贵，仿佛就为了云和这碗蘸水，完全凭着说不出的邪念在支撑。一边辣着一边抽着，人生不亦快哉。

次日立夏，喜爱给我配了一身粉衣服，艳艳的粉，白球鞋。

茅台姐姐开车来接我们（茅台姐姐专营茅台二十多年），我们先去吃了一碗地道的"彭氏黑山羊肉粉"，简直是我吃过的最好吃的羊肉粉。

那是在一条不太干净甚至有些邋遢的巷子里，巷子里还有豆花面、肠旺面、牛肉粉、虾子羊肉粉……每个摊位都在排队。还有中年男人带着二两二锅头，放在简陋的塑料小凳子上，坐个马扎，一口酒、一口粉儿、一口辣椒，给个皇上也不换的样子。我被野味的粉儿辣得神魂颠倒，搞了两大碗，又加了木姜子和折耳根，各种刺激和奇怪的味道围绕着我，豪气十足。茅台姐姐说以后让我茅台配辣椒，她说宠爱着我，让我把茅台当饮料喝，把辣椒当零食吃。

我又奔了黔东南，依旧好绿色。穿过山川河流，看山中老绿、苍松，看远山、落日、云雾、霓虹。有时会不敢呼吸，怕惊动了天地大美。

也不知道迷恋黔东南什么，每回来贵州都要来。

中午吃了黔东南的土猪肉和酸汤，贵州的酸也有野性，酸辣之外，还有淡淡的鲜香，还有腥，只有像猫一样迷恋上贵州的人才习惯、才爱吃。

那土猪肉被炖得晶晶亮，肥而不腻，我专拣肥的吃，香极了。

我尤迷黔东南的野气：远山里的苗寨、苗女（个子都不高，把头发盘起来，前面的发髻上别上一朵花，黑衣，黝黑的面容，平静的眼神），还有山峦间的巫气。我干了一碗苗人的米酒，我和苗人一起跳舞，我在千户苗寨的山顶上放声高歌。我艳粉粉地行走在黔东南，像猫入幽林。

忽而立夏，黔东南的夏天是野性的、奔放的，一点儿也不内敛。那野荡荡的巫气中，米酒是香的，舞蹈是野的，苗人是诚恳的。有一个地方叫黔东南，你会被它袭击。

夜宿雷山县，我想起毕赣的电影《路边野餐》，味道又浓烈又诗意。雷山是小县城应有的样子，有些空旷，街上人也不多，逼仄的街道有小店写着："全场二十九元。"街边有很多的米粉店，广场上有人在跳广场舞，河水穿过广场，远山仿佛伸手可及。苗族的女人在绣东西，路边坐了很多苗女，她们总有六七十岁了，一直在劳作。

我住在小宾馆中，也像在电影中的小宾馆，打牌的人吵到半夜，简陋、喧哗。

我半生去过很多地方，对这些小县城记忆很深，中国那么多个县，走遍根本不可能，走到哪里就是缘分，有些小城一生可能只来一次，有时候说来日方长，只是词语里的来日方长。

黔东南是野狐禅，墨绿色的野狐禅。在那里几日，一直被莫名其妙的绿色袭击缠绕，深绿、浅绿、幽绿、墨绿……还有一种无法用言语描述的鬼绿。

整个山谷全激荡着这迷人的野气，欲罢不能，欲罢不能。南方的绿很神秘，又很嚣张，又很肆无忌惮，那苍老的绿是又压抑、又硬朗的表达。

路过凯里，毕赣电影中反复出现的凯里。菜市场上的蔬菜生动极了，很凯里的样子。一想到凯里，就想到绿幽幽的孤独，电影中的小理发馆、失忆的人、山、马路……在凯里吃了不能再辣的牛肉火锅，想着电影中的凯里。人生中，我有多少次机会来凯里呢？毕赣的精神世界里住着永远的凯里。

回到贵阳，雨，一直在下的雨。素莲说所以才叫“贵阳”，珍贵的太阳。夜漫上来，大雨滂沱，我在“甲秀楼”对面吃黔菜：红糖引子粑、安顺裹卷、卤东卤西上上卷、小锅凉粉、麻麻辣辣爆花甲、水果冰粉……其中小锅凉粉是用贵州产的臭豆腐调制而成，而安顺裹卷四种酱汁的搭配，兼顾了酸甜、麻辣、青椒的中辣、多味的糟辣，把贵州的辣椒用到出神入化。

甲秀楼和南明河在大雨中纷飞迷离，文化宫的毛主席依然举着手，遵义路上有奔驰的车辆。我在二十七楼，沉沉睡去。

次日早晨，茅台姐姐带着我去吃南门外的肠旺面，姐姐说：“保证吃一次终生难忘。”

果然。

做肠旺面的小伙子也帅，不过二十岁的样子。就那样抖着把面捞出来，浇上臊子，再放上肥肠和脆哨（即脆臊，脆哨为当地人的叫法），淋上辣椒。肠旺面店进门是一坛腌辣白菜和一坛折耳根，随意取，免费。面劲道极了，因为和面时放了鸡蛋和碱，发黄，有劲。脆哨相当于北方的油渣，又脆又香，放在肠旺面里，是锦上添花的作用。肥肠在肠旺面中更是活色生香的情人角色，不可或缺，又俏又动人，撩人极了。

脆哨真是个好东西，有大块、有小块，金黄金黄地堆在那里，我站在脆哨前咽口水，每个人站在那香喷喷的、刚出锅的脆哨前全会咽口水。

当夜，我住在茅台姐姐的别墅里。她离了婚，一个人住，我住二楼。茅台姐姐家到处是公主风，她的心里住着一个粉红少女。她体贴地照顾着我，像后天的亲人。这么美的女人，和我说着心事，谁都有心疼的那一瞬。

更深的深夜，我和素莲聊起贵州：幽绿、黔东南、脆哨、辣椒、蘸水，一边说一边把链接发给她。两个人说得口水都流了出来，素莲说我是“贵州人民的托儿”，我笑说我走到哪里托到哪里，并且鼓动她来一次贵州，人生怎么能不来一次贵州呢？这么有野性的地方，可以让心底里的野花一朵又一朵地开出来。这里的人总有一种大的辽阔，这辽阔关乎天高地远、关乎深情、关乎那碗胡辣椒。

早上，茅台姐姐烤了面包、煲了燕窝、煎了蛋、煮了牛奶，还有杂粮和水果，我说姐姐，我还是想吃一碗辣辣的贵州粉儿。

于是我们去吃羊脚粉，钻到旮旯的巷子中，绕来绕去吃羊脚粉。店家一碗粉做了三十年，煮的羊脚又酥又软，动人极了。我又加了胡辣椒，吃得冒出汗来。姐姐们拎着爱马仕吃，都说我比贵州人还贵州人。

上午我们逛了黔灵山公园，又去吃了酸汤鱼。五斤的酸汤鱼，一边喝汤一边赞，酸汤像是初恋，热烈而滚烫，偶尔有点儿小吃醋。

晚宴是在李燕姐姐的别墅里，她穿着围裙站在厨房里，一边干活一边抽烟，性感极了。五十多岁的女人，活得大概就是味道了。她做的黔菜太地道，以至于我回来多日还是念念不忘。会做饭的女人真性感啊，一个穿着旗袍、挽起发髻、抽着烟、做着饭的中年女子，妩媚极了。

家宴，什么时候都是深情第一。

小米辣拌大虾、清蒸鳜鱼、琥珀糖醋排骨、折耳根炒腊肉、烧辣椒、自制豆腐脑、地星秀肉圆子……地星秀是奇怪的草，放在肉圆子中，好吃到想哭。

两瓶茅台，我喝了足有半斤。

大醉，回到茅台姐姐家，看着窗外的远山和幽绿的树落泪，一直哭，一直哭。

这一天，是五月九日，我在泪水中睡去。第二天兴冲冲去吃豆花面，一大碗自制豆花，挑出面来蘸着蘸水吃。那天的蘸水中还有薄荷，我吃了很多。也许是因为要离开贵阳了，自知再来也许是明年后年，我一边吃一边想念贵阳，贵阳在我舌尖上，贵阳在我心尖上。

我骨子里，有黔的野性，还有折耳根和木姜子的味道。这个，我是那么、那么知道。

秋雨中醒来，看到第一片法桐落叶，腌制的杏子酒已经有了琥珀色。『为了遇见你，我几乎用光了今生所有运气，可是，那么值得。』细雨在下，微风在吹，绿叶弥漫在竹帘上，我舍不得告诉你有多美，很多美需要独自品味、珍藏。

赤水：桐花烈艳，苍茫绵延

我对南方总怀着特别饱满的喜欢，这喜欢带着神秘与潮湿，甚至带着一些并不适度的放纵。

提到南方时，眼里总会闪现一些动人的温度，我知道我给南方镶上了一层薄薄的光环，很亮、很湿润、很绵长，带着一些过度的阴柔之美和苍绿姿态，也带着我个人的一些缠绵。

那天我从重庆下了飞机便直奔赤水，因为没有高速与铁路，我们盘绕在山路上，司机把开车当成了一项娱乐，震耳欲聋的音乐声回荡着，车穿行于绿色的旷野里。这是南方，很广袤，很有味道。那水间插秧的女子，弯着腰掩映在一片绿色里，那暮色舒卷时分站在水边的水牛，梯田里耕地的男子……茂密的芭蕉很舒卷、很随意地长在路边。在北方，它们活得过分小心翼翼，好似只为一些文人的诗词而出现；在南方，它们浩荡地生长着，近乎放肆。

空气有一种绵延的潮湿，带着苍茫的绿和清凉，也有轻盈，蝶一样飞进我的鼻翼。南方的味道，百转千回，宋词也一样，一步步款款而来，甚至这苍茫都如此迂回着，带着茂盛和阴郁。

那些叫作赤桐的树，在四月开放出大朵的红，暗藏杀机，一点儿也不收敛。

车的左边是宁静的南方，右边是深渊，惊心动魄都这样让人千回百转，我连害怕的念头都没有，只觉得南方的一切都是对的。

连“赤水”两个字，我亦迷恋得一塌糊涂，“赤”这个字有一种浩然正气，却又带着一腔的热情。我经过五六个小时辗转到达赤水小城时已经天黑，路边支起许多小吃摊子，我买了鸡爪子，又买了麻辣鸭脖子，贵州的辣真好，不纠缠人，而又坦荡……

那新鲜的蔬菜散发着浓烈的南方绿意，这样的小城，饱满生动，风穿行而过，吹着屋顶上的三角梅，怒放得近乎一场热恋……隔日，我去了原始森林，那些落叶、青苔、铁线蕨、桫椤……过度的湿润和潮气更南方，更轻盈，更空灵，更绝美。

因为过度的幽静，一切更显旷世寂寥。我竟然暗自欣喜这里不通铁路或高速，否则怕是现在到处都是打着旅游小旗的人了。这样的绝世美景，应该配得上“孤清佳绝”这四字。连拍下来都是多余的，镜头所记，不过刹那，而心中永存的，是这空谷幽林中的青与绿，还是最原始的寂寞和销魂之美。

这样苍茫，这样饱满的湿润，带着过度的放纵，我没有原则地褒奖着这里，因为这里暗合了我的某种特质，我知道，我和这里，相依相偎，从未远离。

就像南方的那些女子，唱起山歌来，湿润、生动又明亮，水绿绿的，有着最芬芳的质感，初听就惊艳，如陈老莲的画，清而不寒，我听着，眼中泛起喜悦，我知道，这是我的南方。

很南方，很南方。

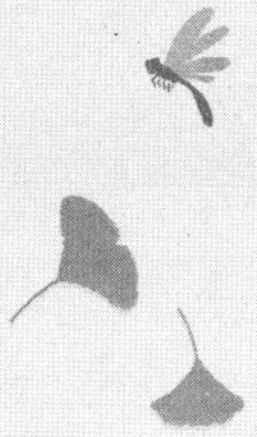

对于生活本身，脸上要有生动的皱纹，还能云淡风轻、很笃定地看待生命，有质地地面对自己的老去本身，就是一种生命的张力。

潮汕记

有一次，一个朋友问我："如果让你在全世界选择一个城市定居，你选哪里？"我说："京都。"她又问："中国呢？"我说："潮汕。"

也说不出为什么，也不知道具体原因，就那样轻易答了潮汕。那是离北方极远的一个城市，但有说不清的魔力，像爱一个人却没有头绪、没有理由，以为不爱他，但所思所想全是他，每个缝隙里都是他。

我第一次来潮汕，但不觉得隔阂，只觉得来过很多次了，以至于有些恍惚，仿佛我是在这里住了很久的人，亦像是遇到了宋朝失落的亲人，因了战乱逃到南国，隐姓埋名到今朝。那风物竟然熟悉到可以让人热泪盈眶，居然是心里面最深处的旧相识。

我和家和认识约三年，她的名字真好听，家和，我常默念这个名字。我看朋友圈她发的潮汕老宅图片，花朵、猫、狗、老人、老树、坛坛罐罐……每每有了买张机票飞去的冲动，但我忍了三年，亦不知为什么忍得住这样的诱惑。徽州、婺源……这些江南小镇我每年都去，只是一直没去最想去的潮汕，因为觉得它太合自己的口味，那样浓情的一个地方，我相信我们会一见如故。

家和隔一段时间便寄来一些我喜欢的旧物——潮汕的点心模子，旧的竹花碗，用过的腌菜坛子。她一直以来都用文字与我交流，三年并未言语过，我却当她是我在潮汕的他乡知己。

见过一张她拍的荷塘，飞鸟、荷花、老房子、旧宅前的猫……她说：“小禅，你来了，我们在这里喝老茶。”

这句话我记了三年，慢慢生了根。丁酉年正月，我想去潮汕过元宵，订了机票就走了。我告诉家和我要来潮汕了，“她”忽然开了口，是男声，家和居然是男人，我自以为他是女人好多年。

我在网上订了载阳客栈，在揭阳机场下飞机，北国的羽绒服立刻换成了春衫。客栈在巷子里，是一座老宅改成的，影壁上画了孤杉，条案上摆着橘子（广东人家家户户摆橘子，意为大吉大利），空气中有潮湿的气味，还有说不清的味道。

已是临近黄昏，家和出现在客栈，他是中年男子，戴黑边眼镜，穿灰色禁欲系衬衣。我们开始去小巷中游荡，潮汕三轮车真多啊，铺天盖地，刹那间恍如当年在越南街头的样子，老树遍地。

街头到处是卖潮州三宝的人，老药桔、老香橼、黄皮鼓。老香橼又称老香黄和佛手果，是佛手经中药秘泡而成，乌黑发亮的色泽，浓厚的佛手香，据说舒肝气、治胃病。我买了一罐子回来，每次喝都想起潮汕来。

街上有好看的小庙，庙里有木雕、古画、好看的嵌瓷。尤以嵌瓷最美，五颜六色的瓷器嵌在屋廊上、房檐上，又艳丽、又脱俗，妙极。我总是在那繁复的嵌瓷屋廊上注目很久，南方的细腻不仅体现在老香橼上，还体现在木雕、砖雕、嵌瓷上。

路边有卖卤鹅肉的人，守着一个小摊，支着一盏昏黄的灯。家和说这家小摊从他小时候就有，有三十年了。买了一盒卤鹅肉，我们边走边吃，又看到路边的“八尺娘酒”，觉得这个名字太迷人，就坐在路边讨了一杯喝，甜且辣。

小茶盘红红的，里面是喜字，酒家将八尺娘酒放在喜字上，我端起喝了三杯，胸中有了潮汕意味，便坐下听家和与他们说潮汕话。

潮汕话与粤语和客家话不同，酒家的电视正放潮剧，剧中有一种无法诉说的哀怨之气，是《四郎探母》，仿佛南宋过来的遗民们永远忘不了的中原。

南方的剧种，无论梨园戏、潮剧、南音、粤剧都有挥之不去的软湿哀伤，也说不清楚哪里让人动容，听着心里就会浮起一坨哀伤来，糅合着南方特有的气息，更叫人欲罢不能。

天黑下来，看到旧宅门前挂着的红灯笼，我尤喜潮汕人家宅子前挂着的竹编灯笼，有的上面写着自己的姓氏，有的涂成红色，在夜色中像狐狸眼睛，妖媚极了。

一转就到了牌坊街，牌坊是新的，少了些味道，但因为一排又一排，便又有了气势。我坐在百年老店胡荣泉吃小吃，简直是不知道要吃些什么好。鼠壳粿、春饼、笋粿、鸭母捻、云吞饺、蚝烙、牛肉丸、沙茶粿……粿这个字在潮汕闪着异样的光芒，没有哪个地区几乎把食物全叫粿。

那做粿子的模子也好看，是木制的，有生动的图案，而且因为用久了，就有了柔润的包浆。我收藏了几个，用来做茶托。

在潮汕的一周，我吃了各种各样的粿，它们生动地活跃在我的胃里、DNA 里，至今忘不了。这个名字有着特别的光泽，它只属于潮汕。

潮汕的风物古风荡荡，我觉得自己仿佛来过很多次，但其实是第一次。我是潮汕的故人，相互认出彼此，刹那间归去来辞。

我身为北方人，却长着南方人的味蕾，每到南方都激荡起自己无数的前世记忆，一边深情，一边忘情。而身边正宗的潮汕人家和，是不需多言的好向导，仿佛多年故交，总能把我带到潮汕最好吃的地方去。

其实最初，我是被家和发的一张图片打动，那是一个门庭，也挂着红灯笼，红灯笼上写着“谢”，两边画着花鸟牡丹。门庭用的是老榆木的门，中间写着三个字“凹天井”，我被这个绝色的天井吸引。家和在深夜带我去看它，两个人一前一后地走着，在二十摄氏度的天气里，春风沉醉。这时没出正月，空气中还有鞭炮的味道。

终于看到那个门庭，心跳不止，我就是为它而来，和图片上一模一样。我在红灯笼下伫立了很久，然后跟北方的朋友说：“我终于来看这个凹天井了。”

家和的烟抽得凶，一根接着一根。我们很少说话，我亦没有问他家庭、职业，不需打探这些琐事，我们都喜欢这些风物就够了。

次日，家和早早来找我，去逛牌坊街。我被那些竹筐迷倒，手编竹筐上，或写了喜字，或画了鲤鱼，古意盎然。有的上面还画了小鸟、荷花，有的还画了童男童女……对于太美好的事物，我总有一种惶恐，有时居然不是想占有，而是想放弃，我明明知道自己欲罢不能啊。

看小摊上的潮汕人做葱油饼，以面粉为主，加入葱花，煎至两面金黄，用铲子切成一块一块的，看得让人难过——回到北方再也吃不到了。

还有糖葱薄饼，饼是长条状的，中间有许多通孔，大概是十六个左右的孔，颜色雪白，所以叫糖葱。

还有薄皮饼在炉子上烙热，很薄的一层，撒上芝麻卷起来，香得魂儿都没了。

还有那手工的牛肉丸，Q 得可以弹很高，五块钱三个。

潮汕的小点心太多，以至于走到半路就会撑着了，椒盐饼、绿豆饼、芋泥饼、豆枋酥、花生糖、芝麻酥、豆棒、猪油糖……花五块钱买了一个拨浪鼓，在牌坊街的巷子里叮叮咚咚地响着。哦，还有咸水果、牛杂、糖画、甜汤……

巷子深处有一家开了三十年的老店，家和要了牛杂汤，牛杂汤用红枣、枸杞、熟地煮上一夜，我们坐在小店中边吃边看风物，已经吃不下了，仍然艰难地想吞下那些美食。

潮汕的三轮车真多啊，随便坐上一辆，在春风里游走，边走边游。看到老中医便跑下来号脉，中药柜子是淡淡的绿色，老中医说祖上是御医出身，号完脉说我肾虚，肾虚的我又坐上三轮车疯跑。

这里到处写着“办外甥”和“出花园”，当地的习俗，外甥十五岁，娘家舅要操办礼物，用七样东西拜祭天地。男孩儿穿外婆买的红鞋子、红衣服、红肚兜，坐在红色长凳上，在家里一天不出门，接受长辈的压岁钱。这一天是他的成人礼，这一天他虚岁十五岁。而女孩儿叫“出花园”。

满大街的红，这样隆重的十五岁啊。我十五岁的时候在干什么？那一天，我吃了什么？穿了什么？没有人给我办过成人礼，甚至，家人都忘记了我的生日，家里人也从来不过生日，每个日子都是似水流年，但我真期望有这样的仪式感。

中午，我们在深深的巷子中吃小吃，猪肠米粉、蚝烙、菜头丸、肠粉……潮州的肠粉真好吃，又糯又滑又嫩，从来没吃过那么好吃的肠粉，迷死人的味蕾。

家和执意带我去一个荒废的古村，于是我们坐上车去。

对于荒废的事物，我有着极度的好感，亦说不清为什么，盛大隆重的人和事对我从来没有吸引。有人拉开柜子，一柜子的奢侈品、包包，我并不心动，甚至觉得略微反感。我对于城市中的老人、老树、旧宅、花朵、坛子、罐子、小吃、风物、日常，对于平淡的深情更为动情。毫无疑问，潮汕是这样有味道的城市，有老人、老树、旧宅、花朵，有多年形成的风物。

我在去古村的路上剪了发，二十五元。古村叫肠水村，村口有几百年的老树和小寺庙，废弃的屋顶上长满一种叫瓦松的花，有很多的木棉树、火旺树、凤凰木……村里到处是废弃的房子，房架上有雕花，很多朵莲花在黯淡的时光中绽放。

村子中剩下的多是老人，几个老妇人在“铁钉花”树下聊天，白发红花，在阳光下更显耀眼。猫和狗走来走去，日影中到处是荒凉之味。

我和家和爬上山坡，看整个村子，村子在山凹之中非常动人。

村中间有一棵老榕树特别明显，家和说：“小禅，我经常一个人来这里看月亮，就一个人，坐在山坡的木棉树下，一边喝啤酒，一边看月亮。”

“就一个人吗？”我问。

“就一个人。”

我没有告诉家和，我也常一个人看月亮，坐在楼顶上，看到湿气打上来。每个人的孤独都是不一样的，所以要找频率相同的人。

我们在那个村子中游荡很久，村子中有说不清的古老气息，幽静、素朴、传统，还有民间的贞亲，可惜这样的村子越来越少了。

家和又带我去渡口看一座孤独的塔，路过韩江大桥的时候，有一座塔非常好看，家和说：“我不喜欢这座塔，因为它不够荒凉和孤独。”家和喜欢的渡口真寂寥，不多的人在等船过河到对岸去，没有人愿意去看一眼那座塔，那座塔真的很荒凉、很孤独。

家和每周都要来看它一次，一个人坐到黄昏。那周围的人都知道家和，但不知道这个爱穿黑衬衣的男人来自何方，为什么要一下午、一下午地来看一座塔。

那座塔大概是知道的，有时候人躲避人是为了躲避伤害，有人的地方就有伤害。

家和选择了山坡上的月光和渡口边的塔，我选择了坛坛罐罐、花花草草，与天地光阴相处才是最好的相处。从出生到死亡，我们一直在和时间消耗，如何消耗得美好是件不容易的事情。家和有家和的方式，我有我的方式，但都别具一格。

我们坐到黄昏，又去和渡口对面的人家闲聊，一个老妇人正在做粉红色的粿，那粿印漂亮极了，是桃子形状，木刻的红漆印模。他们用木料刻成胚，再雕琢凹型，刻上吉祥和花草纹样。做粿的料里有米、猪肉、蘑菇、糖……女人用潮汕话与家和聊天，请我们坐下来吃新出锅的粿，男人在外面蒸着饭、烧着柴，花开得到处都是，这是元宵节。

我一个人在南方，而我的北方正大雪纷飞。

是夜，我们在人潮汹涌的牌坊街看灯，人山人海中遇见几个提灯的少女，她们问我来自哪里？我说：“北方，下雪的北方。”我穿了一件白衬衣游走在牌坊街，很晚又坐三轮车回到酒店，三轮车夫要十块，我给了他二十。在潮汕的街头和一个异乡人说：“早点回家吧，元宵节快乐啊。”

次日去汕头，我在小公园里游荡，看二十世纪初的老建筑。后来坐下来和汕头人喝工夫茶，两个老人一边听潮剧一边喝，我参与其中。又看上了人家的茶盘，托是老银，盘子是瓷器，上面有花鸟，便央求人家卖给我，果然卖给我了，欢天喜地带回了北方，这是我在汕头最大的收获。

然后又回潮州，我与家和约了在开元寺门口见面，逛那些老巷子。开元寺的玉兰花开得正好，祈福的人铺天盖地，家和依旧穿着黑衬衣，我穿了书林做的红色裙子。

那些巷子真迷人啊，像是等了我好久。旧宅、楹联、猫狗、坛子、罐子、花朵、老树，我们走走停停，坐下来吃碗肠粉，又要了份蚝烙。八十五岁的老人在抽水烟，递给我一支："姑娘抽烟。"我便抽烟。

又去一个家和常常拍的院子。女人在做贡品，把红枣、腰果放在一起，粘得有半米高。房梁上挂着鲤鱼灯，是她自己扎的。我尤其喜欢那屏风，因为老旧，显得更有味道，上面有松、竹、梅。我在屏风前坐了很久才去看外面的舞狮子和花灯。

在夕阳中，我最后流连忘返的是甲第巷。在我去过的巷子中，这是中国最美的巷子，门楣上有手写对联，两侧画着戏出：《白蛇传》《陈三五娘》，好看到落泪的砖雕、木雕……来回走了几次，始终舍不得离去。写不出它的美，也舍不得写，怕更多人惊扰了它。

最后一日去龙湖古寨，我打了快车，家和骑了自行车，我们在古寨中等待正月十六最隆重的游神，这是一年之中最隆重的一天。古寨的荒废感让人心疼又欢喜，这里几乎没有游人。这曾是中原的大户人家，为了躲避战乱逃到此处，门庭阔朗但乱草丛生，可见昔日之繁华。

回到北方很久后，我还以为在潮汕。每天在梦中，吃了肠粉，坐在木棉树下喝工夫茶，听着潮剧，慢慢睡着了。

醒来才知是梦。

我很怅然。

临古帖，猫小主来捣乱，假装来学习，学着学着都睡着了。准备重临旧帖，自律、勤奋和坚持是一生的真经。无论做什么，唯有持之以恒。

亲爱的，泉州

每次来泉州，都像见到久别的恋人。这种情绪不是到每座城市都有，微妙的成分相当迷人，唯有天知地知我知，泉州知。

一下飞机，看到路边的刺桐花、三角梅、炮仗花，心里的情绪一下子转换到了泉州。我前世或许就是南人，一到南方，心就软了，魂儿就活了，特别是到泉州。

坐在五店市风雅颂书局的客栈喝茶，看着远方成片的闽南建筑群，耳边袅袅南音，手边是一杯大红袍，店员用闽南话和我打着招呼，说我比三年前胖了稍许。泉州于我，是骨头上连着筋的亲人，是久别重逢的故人，是远方那片闽南红，是这杯翻腾的大红袍。

有人让我用一个词来形容泉州，我想了想，想到“风物盎盎”四字，妙极。泉州的寺庙大大小小的有六千座；泉州的古建好，大街小巷都有，还有古意；泉州的小吃好，面线糊、海蛎煎、肉粽子、咸饭、醋肉、土笋冻、石花膏……我吃过半夜的东兴的牛肉羹、不加鸡蛋的海蛎煎、东街的大肉粽，还有刚出锅的润饼。哎呀呀，这是活色生香的泉州。最最重要的，是泉州人。笑眯眯的，永远怀着热忱，一脸诚恳地喜欢着你、接待着你，仿佛你是久别的故人，无论旧友还是新朋，都是这样滚烫的温度。

尾声里，总是有一个“昂”，有极其迷人的意味。闽南话我一句听不懂，但听起来总像听歌。

风物盎盎四个字，配得上亲爱的泉州。

最让我欣喜和感动的是看了真武庙祭海，然后到古村看蟳埔女“妈祖巡香”。

泉州古风盎然，作为海上丝绸之路的起点，真武庙祭海古来有之，“祭海纳福”成为泉州人的精神盛典。

那天的仪式感让我沉醉，古乐宋风，祭祠官吟诵，人也仿佛回到宋朝，文气十足。真武庙一片真气，郁郁葱葱的古松古柏都有了仙气，“人杰地灵”四个字恰如其分。

正月二十九，这一天是“妈祖巡香”的正日子。我们早早到达古村，连真与我都打扮成蟳埔女的样子，穿上她们的传统服饰。我被镜子中的自己吓到了，宽敞明亮的大脑门被露了出来，头发上插满了鲜花，仿佛戴着一个空中花园，两支簪子插在发间，上衣是嫩黄红花袄，走在古村里，完全是个“蟳埔女”。表妹乐得前仰后合，扬言要把我嫁到这个渔村，说这里的人富裕极了。我说我也喜欢这个村子，因为这个村子的隆重。

之前过元宵节，我在潮汕的古村落就被盛大的仪式感打动过，这是第二次。无论潮汕还是泉州，之所以令我念念不忘，是因为存留着古中国的样子，民风淳朴，有中国民间朴素的生活美学。

难忘的还有泉州海交博物馆的石刻，充满了中西合璧的意味，在宋元时期，泉州是东方的阿姆斯特丹，是比任何一个国际化大都市还繁华的城市。

兼容并包，这是泉州的魅力，容，就容天下。

也难忘南少林寺的雨，雨中的南少林分外禅意，方丈赠了我一杯热茶，还有写着“禅”字的杯子，我在雨中闲散地走着，看远山云雾，分外禅心盎然。

最难忘的是午夜那碗面线糊，店家每天晚上十点才出摊，凌晨三点收摊，吃的人排成长队。

我就爱排这个长队，一个人的内心不热爱美食，不热爱地摊，我不知道对生活能爱到什么程度。

到每个城市，我都会去找这个城市中的小吃，去逛小巷，去和陌生人聊天，能吃到一个城市中最迷人的小吃也是本事。

王仁杰老师总能找到泉州最好吃的东西，好吃，且不贵。王仁杰老师是我难得的忘年交，有趣的灵魂总会相遇。

连真是我多年好友，把风雅颂书店开得风生水起，她也是高个子女郎，因为个子一样高，但体重不同而“仇视”我。我们俩有很多相似之处，大概“好吃”是其中一大项。

那天午夜的面线糊真香啊，我加了套肠、肥肠、鱿鱼、猪肝……又配上了两根油条，吃到风生水起。

这样迷人的小吃和小摊泉州遍地都是，迷上泉州，是因为这些迷人的细节，是一碗午夜的面线糊。

第二天，好友蓝净带着我去吃了她母亲特地给我做的一碗面——“碗遇”骨汤米线，里面有野生大海虾、手工香肠、炸酥肉、炸排骨、大海蚌……香得我昏天黑地。

又去她工作室喝茶，一屋子的古董，有古泉州的气息。院子外的春花正好，蓝净的笑容很泉州，她又炒了套肠和熘肥肠，我一个人吃了两大盘子。

泉州回来后，我迷上了套肠，在网上下了单，吃到口水连连。

在泉州的几天，满耳的南音和闽南歌，还有满街的闽南红，还有铁观音、大红袍，还有我这个爱上泉州的外地人。

最后我还是去了开元寺，就为了看那几棵玉兰和双塔。或者什么也不为，就是为了闲散地在那里坐一坐，开元寺的风景足足的，每次来都要去坐一坐。

泉州的春风粉粉得让人心疼，我在五店市的深夜中走了很多遍、很多遍，回到北方的我想念那些春夜。

走在北方的春风中，忽然想起泉州洛阳桥的风，一样的春风拂面。我略带惆怅，我想我大概又在想念泉州了，因为，泉州大概是我前世的故乡吧。

习画半日，闲翻了几页闲书。抬头望去，远山如黛。搞个下午茶，苦瓜就茶。我的胃很江湖，南北皆宜，长期出差，没有过一次水土不服。生活给了我入乡随俗的本领，走到哪能吃到哪，特别适者生存。

武汉：光阴册

客于武汉，最喜欢汉口这个地名，有迢迢银河的光阴感，又有寻常夫妻家中的温暖与妥帖。想起上次来武汉是十年前了，时间过得太快了，不过弹指间而已。那时来武汉开笔会，去了三峡，又停留武汉三日，去了汉正街、江汉步行街，只记得有酒店叫好百年。

今日与雅硕在江滩上行走，先看到修了十年的江滩，长江岸上，俱是绿树粉花雕塑，大理石地面整洁如新，游人如织，却并不喜，只觉得过于现代与新鲜了。

又到渡口，走在软软的沙上，见长江滚滚东流，长江大桥上有火车开过，二桥上车来车往，雾蒙蒙的汉口江边，突然地天荒地老一般。有人拉着箱子、背着行李去赶渡轮，从此岸到彼岸，再回头，看到好百年酒店。惊了片刻，仿佛见了三十出头的自己，背着旅行包一个人发呆。

此次来武汉是来武大做讲座，说是来做讲座，不过是借做讲座之名看一场樱花雪。来时二十日，推窗见瑞雪，已是春分却仍然下这样大的雪，好不奇异。但樱花雪更好看，走在成了海的樱花树下，回首一望，内心有震撼与酸楚。樱花像盛大而短促的爱情，来去都匆忙潦草，甚至觉得悲叹都多余似的。我在太美的事物前不忍逗留，总怕被扰到内心。站在武大樱顶，向下望去，我看到怒放的樱花，珞珈山下一片葱茏，看樟树与迎春、桃花、山茶都在缠绵开放。

樱顶是老建筑，二十世纪初期的气息非常浓烈，俯首看下去，但见女学生的衣服在风中飘着，现在依然有学生住在老房子里，那宿舍沿用过去的名字：宿字斋、月字斋……古意盎然。我缓步而行，倒似二十世纪初的女学生，只是身上不是蓝布衫，而是明黄宽袍大袖衣，上面绣了春风牡丹。

都说武大樱花极好，我想，一是因为樱花，二是因为武大。我去过很多大学，渐次有了排位。那些古朴的老校区，因为有了老建筑、有年轮的树，还有古朴的人文气息而格外与众不同，并且让人过目难忘。老校区的大学是一块不华丽的旧丝绸，上面绣着光阴的鸟儿，怎么端详都有动人之处，如武大、交大、北大、清华、同济……那些新校区的大学，建筑面积再大也似一块纤维料子，粗糙与庞大共存，却引不起任何向往。真要美得隆重、朴素，必要百年之后，那树老了，墙亦有了斑驳，人文气息亦厚了，方能显出老丝绸的味道。

东湖与西湖比，更宽亮、大气、葳蕤。早春的东湖烟波浩渺，有皮划艇运动员在训练，法桐与杭州法桐有几分相似，但又有不同，细而高。所有城市的法桐都不如杭州的法桐好，杭州法桐有贵气，却又飘逸，可能因了西湖。

东湖也好，但好不过西湖，东湖像一个男人，憨憨的，朴素干净，又因了水面广阔，加上武汉的凛凛之气，有一派兵器的凛冽之感。

我在东湖石椅上捡到用花编就的花环，戴在头上在风中跑。这是春天的武汉，这是武汉的春天。

到了大水的店，一个女孩子在私信中让我去昙华林，这三个字极美，读起来格外生动。

去了，那里不似南锣鼓巷、丽江古镇、平江路、宽窄巷子的热闹，倒似家常女子的朴素与干净，极清幽，有老人与猫在悠闲地发呆，还有成衣铺的女子在做衣服。

大水的店在路深处，白油漆的砖墙，窗外一匹斑马，白桌子上有枯萎的花。那店门亦用蓝色的油漆涂了，花是怒放的百合花，老缝纫机上有煤油灯，枯荷插在陶瓶中。我想起杭州一个叫紫烟的咖啡馆，亦是这样的颓迷而情调。这样的店看得多了，倒也不惊心了。只是门前的斑马让人觉得这店似一首诗歌，长在一个叫县华林的地方。

阳光下，我坐在小店外面的椅子上，要了一杯茶，凉了，走了。

小吃

户部巷在武汉长江大桥对面，在江边发完呆，看完滔滔江水，我便走到户部巷去吃小吃。最喜欢武汉豆皮，本以为是北方豆皮，却原来与豆无关。直径足有六七十厘米的大锅，店家将调好的鸡蛋面糊慢慢倒入，然后均匀铺开，铺上熟糯米，再撒上肉丁、藕丁、萝卜丁、青笋丁……小火慢煎，其间不停转动锅，看到有气从锅中鼓起，再闻到扑鼻气息，便将饼翻个。这是非常见功夫的技术活，要将整张饼从一口锅移到另一口锅中，而且金黄的蛋饼非常完整。整个过程非常动人，在旁边看着都会流口水，鸡蛋饼的脆香加上糯米的香，再加上那些蔬菜丁和肉丁蒸出来的香气，用垂涎欲滴来形容并不过分。做豆皮的人将蛋饼用有切口的盘子转着切成豆腐块大小的豆皮，五块钱四块左右，用竹签挑了吃，如果坐在武汉户部巷里吃，有别样的滋味。

热干面我吃不惯，用油和碱做熟了的面，过热水，挑起来放在碗里，又湿又热，放上各种佐料，武汉人的早晨，是从一碗热干面开始的。急匆匆走着的人，几乎人手一份热干面。我在茶林记吃了，有些噎，要了红豆沙就着吃。马子禄牛肉面，连汤带水，想来更贴合我的胃。但一碗热干面下去，走了一天亦不饿，武汉人告诉我，加了碱又加了油，抗饿。热干面三个字真炽烈，像那出叫《红鬃烈马》的戏，亦像武汉人的性格，烈烈的，干脆明亮，没有江浙人的湿气与润气，像这碗过早的热干面，又香又辣又实在。

想起武汉，我第一个反应就是热干面。

轮渡

轮渡，这两个字可真美，早年在旧诗中读到渡口两个字就惊心，摄人心魄的美。别离时应该在渡口吧，摘一朵路边的野花，别在胸口上，再见已是多年后，发如雪，鬓成霜，这应该是小说中的情节。真实的情节是花五块钱坐快艇到对岸去，也可以花两块钱坐渡轮，就是那种大船，三层高，底层可以有电动车、摩托骑进来，也可以有猪、羊、鸭子……城市的烟火气浓烈似火。

站在三层，我看着长江两岸的烟火，如此明媚又如此潦草，如此亲切又如此隔阂。我长期在外，已经习惯各种各样的风景，繁华的或者寂寥的，奢华的或者邋遢的，都已习以为常，但武汉轮渡上长江两岸的烟火自有非凡味道，仿佛隔了时间的荒芜仍然闻得到大浪淘沙后的狼烟味道，到底是长江。来回坐了几次渡轮，我拥挤在人群中，见到有情侣紧紧相依，有老者面目茫然，有中年人不动声色，亦有欢快少女指着长江尖叫：哦，长江。不过二十分钟已到彼岸。

彼岸有武汉长江大桥，大桥修建于二十世纪五十年代，牢固、坚实。武汉出租车司机说长江一桥、二桥每年都要修缮，但大桥从来不。坐在长江边看桥、看水的人很多，十几级台阶上坐满了人。我亦曾坐在春天的长江边看桥、看江水，想象自己是那千年前的人，也这样痴立于江边，写下君住长江头，我住长江尾吗？那个与我共饮一江水的人在哪里？人到中年，心事低了下来、暗了下来，那曾经的明烈与决绝随时间顺流而下，哪有那么多生生死死呢？总是空明清凉之处多。

人生不过是坐一趟渡轮，从此岸到彼岸，不过二十几分钟，两岸烟火还未看透，半生已过。

剪发

沿江大道的老建筑都好看，二十世纪初期的建筑居多，武汉海关最古典，好百年酒店名字极佳。我又去转武汉沿江路两侧的街巷，步行街是千篇一律的，那些牌子各个城市都有。拐进上海路，就有了武汉味道，店铺均不大，有各种各样的武汉小吃，显现出热烈的面目，很多人端着碗吃小馄饨或豆皮，或者热干面，武汉小吃有着浓烈的脾气，绝不以娇媚和柔嫩取悦于人，非常痛快。我要了一碗热馄饨，五块钱，边吃边逛。

看到一个小理发店，店员是年轻男子，脚下一只猫，他坐在椅子上晒太阳，我摸了摸头发，长了，决定去剪头发。玻璃上写着，剪吹洗特价：十五元。他为我洗头发，仔细问着水温，声音是武汉人的婉转，有的地方似京剧念白。我姑父是湖北人，与姑姑结婚三十五年，至今不太会说普通话，他说普通话难听，他的湖北话我听不太懂，只觉得十分婉转。

理发师顶多二十五岁，瘦而高，手指细长，说一眼认出我是北方人，我问他如何认出的，他笑而不答，继而又说："反正我是知道的。"

我们看着镜子中的彼此，他问："剪短些可以吗？""嗯！"我习惯了短发。年少时固执地喜欢将长发留到腰际多年，后来一剪子下去，倒觉得短发更合适了。他剪得极仔细，与常给我剪发的闫师傅手法不同，是南方人的那种细腻。电脑上放着林志炫的歌，我说："你也听林志炫吗？"他说看湖南卫视《我是歌手》，之前并不知道这个戴眼镜的男子。

我想说我少年时就听林志炫，到底也没说。剪了半小时，又吹了风，显得人极料峭，短发有一种快刀斩乱麻的态度。我付了十五元，他说下次再来，我笑了笑，知道不会再来。有些人有些事，今生只合该相逢一次，一次足矣。

坐在江滩上吹春风，梅花吹到我脸上，没洗干净的头发碎屑也吹到脸上。

我希望活成自己最好的样子。

也是自己想象中的样子。

离生活很近，离艺术很近，

离是是非非很远。

肆·表里山河

喜欢安静的东西，清幽，散发出浓烈的清幽。莲的气息，或者，薄荷的味道。有僧人愿意庵中吃苦茶，而我愿意在深蓝色的百叶窗下发呆。看着窗叶间透过的光，点点照在我的身上、衣服上。我穿了格子的丝绸衣服。那光与影在上面散发出私密的欢喜。

山西散记

有些山河可以逆向行驶于时光，光阴愈久、愈宽厚、愈仁慈、愈散发出经久不息的不朽味道。

我说的是山西的古建。

表里山河，万言一默。

丁酉荷月，我与芳、姜剑波老师纵横于三晋大地的表里山河，是分分秒秒的震撼，时时刻刻的潸然，山西，我来晚了。但终究是山河故人，虽晚矣，终究来矣。于时光的洪荒隧道中拣起山西古建的珍珠，捧在手心里，一生珍赏，舍不得的心思有千千万。

当时的惊艳与震撼，以及泪水，以及无语凝噎，以及痴恋，以及前生之唤起，今日在蝉声和一杯茶面前重新跌宕起来，我自知笔力不及，但亦试图写出表里山河的部分肌理，以表达内心的狂热和如潮水般涌来的相思。山西大概是我前世的情人，生死相守，相互懂得，忽然有一日失散江湖，待到相认，他鬓已白，我发成霜，相顾无言，唯有泪千行。

丁酉荷月六月初九，我端坐于蝉声四溢、荷花盛开的窗下，放着《桃花红杏花白》，单曲循环，开始这篇写给山西的情书。

当下我怀了赤子之心，想念我前世的故人山西。“爬山越岭我寻你来……自从和你我没旁人……”在《桃花红杏花白》里，开始温度稍高的书写，我试图降低情绪和文字的温度，竟是不能。于是只好任着性子一路野下去，不管了。

缘起

几年前，山西卫视有一档节目《人说山西好风光》邀请我担任评委，在这之前我对山西的印象来自初中同学郝文华和学生小慧。同学是晋中人，小时借读于我家乡霸州，长大后我们成为知己旧友，我每去山西，他都陪着闲逛，晋中那些景点，全是他带着游览——乔家大院、王家大院、常家庄园、榆次老城……我以为的山西就是晋祠和大院，非常孤陋寡闻，甚至有段时间把“煤”和“老陈醋”当成了山西……

后来小慧来我身边，那时她大二，在秦皇岛读艺术系，她是山西阳泉人，为听我的课一个月没吃菜坐火车来北京，那时我还在中国戏曲学院教书。小慧跟了我四五年，带我回她的山西，那是冬天，我只记得一片萧索凄凉，我便执意让她离开山西。小慧日后在我的小城生活，结婚生子，她的母亲也跟过来，时常给我做山西面食——刀削面、拨鱼儿、饸饹面、剔尖、猫耳朵……我的味蕾上，有了山西的DNA。

我也永远记住了那一大桌子菜，并且，把她们当成了自己的亲人，这是上天注定的因缘。

我的好朋友芳是山西大同人，第一次见到芳是在她爱人忻东旺先生的画室。那个瞬间像卤水点豆腐，定格于时光的天荒地老中。她娴静端丽地坐在那里，穿淡青色长衫旗袍，鬓间有一朵梅花，不出声自有声，我料定她是我前世的故人。后来交集多多，她言我是少年小禅，我言她是永远怀了一腔热忱又端丽古朴的鲜卑女子。她长相素雅，古朴大气，鼻梁挺拔，似鲜卑人最初的样子。

五月，我去山西录节目，芳来探班，提了精致的水果和一件精美极了的白衬衣。她在阳光下为我缝一枚掉了的扣子，低眉瞬间，自是难忘。我们说起山西，她讲起那被人忽略的寺庙、壁画、塑像、雕梁……被尘封了千年的好东西，有的沉入冷宫，有的被人巧取豪夺，有的被遗弃。她说去年和姜剑波老师去公主寺，看寺的人在地里耕田，骑了摩托车回来开锁："大中午的你们看这些劳什子干啥，快看快看，我还要回去干活哩。"山西的很多小寺庙都是这种情况，有人说山西有两万多座寺庙，国宝级单位四百多处，其中有三百多处是古寺。我听得心里发热。

芳忆起青春，那是她和东旺相爱的日子，他们一起去运城的永乐宫里看壁画、画画、在星空下聊天，又去吕梁的碛口古镇住窑洞，看对岸的烟火，枕着黄河水入眠。那时她深爱着那个有才气的男人，尽管父母和亲友反对，她还是嫁给了这个一无所有但才华横溢的男人。

这个叫忻东旺的男人，生于张家口康保的一个小村庄，十几岁便是远近闻名的小能人，给十里八村的人画"炕围子"。张家口不养人，他背了包出来，到山西煤矿，又考大学，一路画下来，从山西师大到天津美院又到清华美院，已成传奇。五十岁那年，上天夺去他，妒他才华横溢娇妻爱子，芳每次忆及我便陪着潸然，世间最负人的大抵是这生死深情。

芳去看东旺十七岁时画过炕围子的小村，拿回一块他画过的玻璃，"心疼得彻夜难眠"。我陪着她心疼，心疼得无能为力。

他们的大好时光是在山西，他们一起走过很多山西的表里山河。芳动容地说着，我动容地听着，不知何时，泪水蔓延开来，我把头埋在枕上，久久不能平息。

她抚摸我的发："小禅，我们明年去深度游山西吧，我带你去看古寺、雕梁、壁画、塑像，中国的古建百分之七十五在山西。"

就这样约定了，一诺千金。

当时我上《人说山西好风光》演讲台，我说起了同学、小慧、芳，我的声音有些发抖，全场的人都在落泪，我说："来山西吧，总有一个地方会让你热泪盈眶。"

出发

丁酉年六月二十五，七月十八日，我与芳在北京西站集合，乘高铁G613前往山西，下午两点出发。同行的还有芳的儿子省江，他是清华美院的大二学生，高高壮壮的小伙子，寡言肃穆，似古韵之人。这个二十岁的少年好古：金石、篆刻、京剧，似逆时光而行的少年。

我们在火车上摆了茶席，芳精致而典雅，带了茶包泡茶。同火车的大多是山西人，纷纷给老茶，老白茶、黑茶、红茶……说着山西、道着山西，还未到山西，我的心里已被山西淹没，山西人诚恳而炽烈地笑着，我的心底里荡出无限的暖意来。

下了车，五点半，芳的大学同学亚丽夫妇来接我们，去他们的世外禅园。

天意，居然也叫禅园，黄昏时分，我们漫步在禅园窑洞，喝了一杯老茶，心清凉人清凉。又见到亚丽夫妇设计的器皿，粗朴野气，美极了。亚丽挑了两只送我，一黑一白。我又见亚丽的画，一派拙朴天真，妙极。

我们在向晚的黄昏中吃家常菜，说着家常的话，我的心却开始向往明天的旅行。同行的还有传说中的姜剑波老师，芳说他去年刚换了个肾，是山西教父级别的导游，此行的行程全是姜老师安排。我们有个"七月有禅"的群，旅行线路一再调整，考虑到晋南、晋东南天气太热，便调整到晋北，这时正是七月，南方已四十摄氏度，全国很多地方都进入了烧烤模式，但晋北才二十多摄氏度，姜老师细心周到，方案在群里调整了五六次。姜老师头像是尊菩萨，芳说姜老师长得也像菩萨，小个子，貌不惊人，但有力量感。

我盼着见到姜老师。

南涅水

七月十九日，我上午与芳去山西省博物院见石院长，商议忻东旺先生作品在博物馆的展览事宜。石院长考古出身，一派低调古风；讲解师李平老师，温婉得体又热忱。我们看了很多珍品，如浮光惊鸿，记得的是三晋大地的壮阔与华美。魏晋南北朝，这里剑如丛林，混乱中的文明碰撞出三晋文化，这是一份沉甸甸的历史答卷。

中午晋韵楼芳的二嫂请客，有一桌子山西美食，我先饮一碟醋，又吃了半盘“栲栳栳”。饭桌上见到了传说中的姜老师，果然如传说中一样，并不高大的身材面若菩萨，看不出换了肾，脸上荡漾着谦虚的微笑，随行的是他十六岁的女儿齐齐，亦不多言，但后来我被这孩子渊博的历史知识征服，姜老师记不住的还要问她。

我们终于决定了行程路线，我怕热，坚持去晋北，去五台山上乘凉应当不错。我抱着半是旅行半是避暑的心态，之后却被震撼到汗颜，也根本记不得晋东南三十八摄氏度的高温，忆起时只是几个关键词：正午，三十八摄氏度，寺庙，芳湿透的衣衫，惊人的美和绝望的孤寂。

姜老师一意孤行坚持去晋东南这条线，并且说：“全中国宋辽金以前的地上结构建筑一百二十座，晋东南占了八十座。”他又补充了一句，“晋东南不热。”前一句他说对了，后一句错了。后来我和芳在汗流浃背的时候和姜老师开玩笑说："晋东南一点儿也不热。"姜老师就呵呵笑着。

这一趟文化之旅下来，姜老师成为我心中的菩萨，赤子之心、热血、慈悲，他是为山西而生的，或许前世他也是一个修行人。而我们看过的寺庙、风景、雕梁、壁画、塑像也是一期一会，芳说不知明年是不是还能看到，反正看到了就是看到了，这是恰好的时光恰好的人，这是没有早一步也没有晚一步的天注定。

一切是没有办法的美好和力量，我臣服于上天的安排。

旅行的第一站是长治的南涅水石刻，这是北魏时期的石刻和造像塔。石刻在极偏僻的村里，几乎没有游人。我们五点到达，在造像面前呆住了，我第一次看到这么多民间造像，很民间，很生动。佛教文化在北魏孝文帝时期达到又一个巅峰，皇家造像工程便是云冈石窟，而南涅水是更生动的民间表达，每尊佛像都睁着眼睛，有干净明亮的眼神和笑容，元气满满，越到后来越低眉，宋以后的佛像几乎都低眉，一脸远远躲开世事沧桑的样子。我喜欢这最初的佛像，张扬着并且喜悦着，甚至是一种伟大的启示和力量：活下去，总会有光。造像的线条奔放而粗犷，是那个时代的气息。在魏晋南北朝时期，连石刻都有着自由的狂放和不经雕琢的练达，每个人口中都含着一口真气似的。

我迷恋这口真气。

长治便在古上党，秦有十六郡，便有了上党郡。大禹治水、女娲补天、神农尝百草、精卫填海、后羿射日的神话和传说都是在这里，生生不息的画卷，长治是北方的南方，南方的北方。

晚上我们宿在长治，吃了长治的甩饼，配了驴肉和驴肠。做甩饼的女人揪一块面，用两头尖尖的擀面杖裹住面甩起来，直到甩成一个薄片片才放到一个圆盘形锅里，一两分钟一张，熟练极了，我吃了三张。

饭后我们去长治大剧院看了上党梆子《打龙袍》，山西的四大梆子，我偏爱上党梆子。作家赵树理就是这里的人，上党梆子唱得好。

这也是我第一次听一整出的上党梆子，更是在上党梆子的发源地，上党这两个字好，有无言的古意。

原起寺，大云禅寺，龙门寺

最是风雨故人来，这一天的震撼是夏雷震震。我们一路上放着《桃花红杏花白》，也真是翻山越岭寻你来。在324省道上，穿行着无数辆拉煤的大卡车，我们几乎是在夹缝中穿行。开车的郑师傅是大气沉稳的中年人，一脸的正气和稳妥，考验车技时从来没有让人失望过。

到达第一个寺庙原起寺时正是中午，寺庙要关门，而且必须要介绍信才能进。

介绍信？仿佛一下子回到二十世纪七八十年代。

终于进了寺院，巧遇走遍山西的刘勇老师。几年前我们加上微信，知道他是北京人，来了一次山西就爱上了这里，“我不是在山西，就是在来山西的路上。”他一年有一半以上的时间在山西的角角落落，他也是山西的山河故人呢。

原起寺始建于唐朝，唐庙宋塔，还有开元时期的造像碑和经幡，一千两百多年的寺庙，有着动人心魄的古典美，宋塔上有八个小铁人守护，风吹起时，风铃响动，似吹来了宋朝的风，站于墙边可俯瞰浊漳河，远处还有松林阵阵。芳打开茶包铺置茶席，省江画宋塔素描，其他人齐齐坐在庙前思考，我与姜老师谈古论今。姜老师真是博学之人，一肚子学问，几乎全能，我在姜老师面前真汗颜。

正午的古寺只有我们几个人，蝉疯狂地叫，温度有三十七摄氏度，芳的衣衫全被汗水湿透，我不爱出汗也出了汗。但那杯老白茶真香，姜老师吟着石碑前的对联：雾迷塔影烟迷寺，暮听钟声夜听潮。真是好意境。

我们到老都会记得原起寺这杯老茶。

几个人闲散地吹着山风，仿佛是在宋代，这正午的阳光让我迷恋。

中午，我们下山吃午餐，随便找了间路边小店，店里像极了贾樟柯的电影，脏、乱、差。案板上只有土豆丝和韭菜，电扇吹着热风，筷子放在残破的塑料盒子中，几张餐桌铺着廉价的塑料布，锅盖上有极厚的油泥，墙上有两张塑料画，是两只公鸡，还有一张是儿童抱着一条大鱼，上面写着四个字：鸡年好运！

店里只坐一个男人，说："没有炒菜，如果吃，每人一碗炉面（相当于炒面）。"我们异口同声："吃。"外面拉煤的车轰隆隆地经过，十秒钟一辆，小店的电扇下面，坐着五个赶路人，店主炒完了面坐在那里看着窗外抽烟，一时悲欣交集。山西的煤总有拉完的时候，老祖宗留下的宝贝这么多，手捧金碗却无人知。而那一辆辆奔驰而来的拉煤大卡车此时又是山西的命脉，一时不觉叹息良久。芳和姜老师说小时候路上全是拉煤的车，路更难走，有时会堵上几天几夜。

"煤曾经拯救了山西，某种程度上，也害了山西。"

下午两点，我们抵达了长治的大云禅院，大云二字壮阔低回，又叫禅院，暗含我的名字。提前联系好的人在等我们，又是只有我们几个人的寺庙。推开庙门的刹那，我被惊到了。

我去过日本几次，分外迷恋那里的寺庙，以为是世间最好的寺庙：禅意、空灵、古意。大云禅院的初见，我瞬间被袭击，这是我们真正的古寺，唐五代的建筑，石敬瑭所建。简洁、干净、大气、疏朗，殿前只有一棵松，只一棵，却高耸入云，刹那间进入了我看过的中国古画之境，如此禅意又如此空灵。寻了半生，终于对了，终于对了。

原来在山西，是啊，在山西。古中国，尧舜禹，战国七雄，晋占了三个。又因为少雨和天气的湿度恰恰好，还因曾“海内最富”留下了这些千年古建，又因最后潦倒，终得存下这些古建。“地上文物看山西”，名副其实。这些古建有了老灵魂，以最真挚的态度迎着我这个故人。

芳在正午的艳阳下跳起舞来，深情地唱着《桃花红杏花白》：“桃花来你就红来，杏花来你就白，爬山越岭我寻你来啊……我不想旁人单想你啊……”我给她录着像，看着大云禅院后面的远山如黛，还有千年古刹和老松，再看眼前人，泪水终于轰然而下，又怕人知，几近抽噎，不小心录在了视频里。姜老师喊我们去看那屋内的五代壁画，我说过一会儿便去，偷偷拭了泪水，于松下呆坐很久才红着眼圈进去。我与故人终于相认，彼此辨出，一眼千年。

潮剧《苏六娘》中说：“听蝉声几度，月转星移。”我在五代壁画前久久屏息，看守的人告诉我：“之前，这里是仓库、羊圈，还当过学校，没人拿它们当回事，我在这里三十年了，天天守着它们，有了感情。”他站在庙前松树下，诉说着和大云禅院的感情。

后院是一栋清代建筑，亦古意盎然。门前的两棵树，长得古朴飘逸，我和芳坐在古树下唱戏，仿佛那树也听得懂，风也听得懂，我指着树说：“一棵是你，一棵是我。”

最后一站是龙门寺，这是集六朝古建于一身的古寺，五代、金、宋、元、明、清。六朝古寺集于一身，全国唯此一例。

已近黄昏，我们拾级而上，走了很长的路才看见山门，我笃定地认为前世我在这里修行过，可能是一个小沙弥，那山门熟悉得像前世电影中的镜头。迎面是两棵高耸入云的白皮松，孤傲极了的样子，像二僧对坐，我第一次看到这么老、这么苍劲的白皮松，像王羲之晚年的书法，全是苍凉和力道。沿两棵树走了百米方见山门，寺庙背靠山，前面亦是山，开门便见郁郁葱葱的山，我至死不会忘记这个山门，这一定是我前世住过的，我一眼便认出所有的细节，简直惊天动地了。黄昏的光照在寺庙的门上、顶上，有了金光，周围一片松涛之声，蝉鸣四起，我坐于寺庙松下，久久不能平息。

我感到自己的呼吸是烫的，古寺用最禅意空灵的物质灼伤了我，我喜欢这种灼伤。

在山西，凡是古寺，必有古松，且只一两棵，古松飘逸、遒劲、空灵，唯有古松方能配得上古寺，妙处难与君说。那千年古寺旁的一两棵古松真是草草一笔，我只愿来世是这棵古松便好，陪着古寺看尽千年风雨。我仿佛看到古人在这儿等我，山西古建让我穿越到了古典中国，这是中国的样子。寺庙内各个朝代的建筑皆有特色，古朴端丽。宋代建筑里有金代壁画，鲜艳生动，万言万当，一默如雷。我内心震震，想起傅山先生云："西庵检行李，心失北沟边。"心就这样被古寺整得没了魂儿，我只想放声号啕，因为失落了很久的亲人和故人终于相认。

芳在屋檐下摆开茶席，一杯小青柑解了心慌，我摸摸胸口，是烫的。落日余晖中，远山苍茫，我们站在大山面前，像茫然的孩子，不知所措。回望山门，古寺掩映在苍松翠柏间，远山、古寺、白皮松，瞬间，我有了一种此生足矣的感觉，古寺，我爱你，爱死了。

这是我们最难忘的七月，像爱上一个人，每一秒都想厮守在一起，地老天荒。我并不知道，这是刚刚拉开的小序幕，更震撼的还在后面。

那天我们决定住山上的岳家寨，岳家寨是岳家后人、岳飞第三子岳霖的传人所建。崎岖的山路十分陡峭，上山的过程仿佛行驶在五代画家荆浩的画中，也像行驶在北宋画家范宽的《溪山行旅图》中，一片北国的山川景色。披麻皴的技法融入大自然中，山势险峻而疏朗，是北方山峰的样子，冷峻、有骨头、温度低。南太行的山峦绵延着，一派北国风光。

郑师傅的车技好极了，他始终是个担事的男人，一声不吭，即便下面是万丈深渊依旧不动声色。下了车又体贴妥当，把大家的行李都安置妥当，从不多一言，脸上的表情永远微笑镇定，是我见过的最好的司机。

姜老师和芳在车内唱山西民歌，两个人都深情阔朗，我每每听到都心潮起伏。我们三个都不似中年人，心里都藏着一团团火，随时可以点燃，连我都不相信姜老师是换了一个肾的人。他每天五次闹铃，提醒自己吃排异药，像服糖丸一样轻松，谈笑间仍然有春风。他又轻松地说："大夫说一生可以换八次肾呢，一个肾只能用十几年，我到时再换……"好像在说出去理一次头发，简直视死如生。我又问姜老师做过多少次手术了？彼时我腰疼难忍，盼着早点到岳家寨，姜老师说："十一次。"我张了张嘴，半天没说话。后来芳问我是否腰疼？我说："我没有腰没有腰，在姜老师面前，怎么敢还有腰？"

面对姜老师，总有说不出的悲欣，他散发出奇迹般的力量，脸上的笑似菩萨似的，愿这样有情有温度的人长命百岁。

岳村长已经在等我们，又带我们逛了太行深处的供销合作社，合作社已经有五十三年了，墙上的报纸是一九七六年的报纸，写着"抗震救灾"。那一年，唐山大地震。老人坐在窗前拨算盘，我买了五块钱一袋的动物饼干，这是小时候的奢侈品。

岳村长是岳飞的后代，第三十四代孙，当年为了逃避追杀和战乱他们来到太行山深处，他聊起岳飞："我们老祖宗太傻，天天想迎回二圣，你说二圣回来宋高宗赵构咋办？真是个傻人，人家是一定要杀你的。"

我们在山色中吃饭，面前是太行山，手中是一碗饭。住在山寨的石头房中，不能洗澡，索性早早躺下，看着窗外的星光，听着蝉鸣，闻着露水的香气睡去了。

太行山深处的那些石头房子一定知道，在丁酉年最热的七月，我们来过，在石头房子里，看见了满天的星光。

开化寺

山西古建之旅结束后，我的内心一直有风暴，久久不能平息，情绪和文字的温度都处于高温状态。我去自家园子中看荷花，看月白天清。正是落月，荷花开得正好，木槿在草地上落了一层，我坐在亭子中发呆，脑海中俱是山西古寺中的雕梁、壁画、塑像、经幡，千年前的事物席卷了我。我甚至不想和任何人说话，就想煮上一壶老茶一个人慢慢喝，对山西的相思和想念像爱上了一个人，恨不得分分秒秒都和他在一起，恨不得转身又立刻回去，我们在每个寺庙中都摆上了茶席，但我最心心念念不忘的，是开化寺那杯老茶。

思归若汾水，无日不悠悠。

离开岳家寨的早晨我们便踏上了太行天路，简直惊心动魄，路上几乎不能错车，对面来了拉煤的大卡车，郑师傅只能一直退一直退，退了几里找到稍微宽阔的地方让对方过去，半米之外便是悬崖，如果车落下去，我们无生还可能。芳一直闭着眼睛，而我想起曹操写太行山路之险：“北上太行山，艰哉何巍巍，羊肠坂诘屈，车轮为之摧。”果然是行路难，太行山有悬崖挂壁公路，是在悬崖峭壁上开凿出来的，奇险、艰难。七条挂壁公路，仿佛愚公移山、精卫填海，为打通一条通向山外的道路。崖路陡峭，据说有人赶着猪去山外卖，二十七头猪吓死了十三头，猪摔死在万丈山崖下。尝闻此中险，今我方独往。

终于从山上下来，奔了开化寺。

又是拾级而上，至高处见山门。这是宋庙，古朴素静，我第一次见开化寺的照片是在芳的女儿那里，省池姑娘是清华建筑系的大四学生，她们系来高平测绘，一群芳华正茂的孩子坐在开化寺屋檐下。我羡慕极了，建筑系的女孩子帅气又性感，省池对古建更是有一往情深的感情，芳说省池过几天来与我们会合，因为清华小学期正在上课。

那个古寺的下午被我一遍遍回放，如果是电影胶卷，可能已被我磨破。

古寺，微雨，一默如雷。内心翻滚，银瓶乍裂，我坐在千年古殿廊下，看着宋代建筑，一时动容。宋朝建筑一改唐时雄浑壮阔之特点，变得柔和起来，梁柱开始用减法柱和移法柱，像简约飘逸的宋词，较之唐建，婉约了许多。

开化寺创建于五代后唐同光年间，初名清凉寺，北宋熙宁年间改名开化寺，寺内壁画是中国宋壁画中最大最完整的。可惜了，那些镀了金的壁画被后人一块块将金抠了去，看着心疼极了，可壁画又因残破而格外生动，更心疼。

这些宋时的壁画纵然凋败了，一样令人动容。它画出了释迦牟尼的生平，从乘白象入胎、菩提树下诞生到比武娶亲、出游四门、树下问道再到逾城出家、得道成佛。寺内只有我们几人，仿佛是宋朝穿越来的几个人，有人安静地廊下泡宋茶，有人檐下听雨，有人画素描，有人看壁画……

本来时间尚早，可以再去下一个寺庙，可是我突然和芳说：“芳，我们整个下午全在这个寺庙吧，这个古寺我好像见过，不走了。”芳说：“不走了，就在这儿虚度一个下午。”那个下午的时光像镀了银似的，一层层闪着光，我们一直坐在廊下喝茶唱戏，听姜老师说宋朝那些事。

天渐向黄昏，寺庙的王师傅说："我要回家接孙女了，你们给我锁好寺庙的门。"

雨落在我们的茶里，我们不敢说一句话，怕惊动了谁似的。时光是个暴君，但在宋朝面前，仿佛也温柔了许多。我把古寺中的时光切割成一段段珍藏，每一段都有茶气，而且，是宋朝的茶气。

那天，我穿了件薄粉薄粉的衣衫。

良户

良户两个字真好，像一个好男子的名字。这是晋东南的古村落，夜幕降临时，我们抵达了这个活着的太行古村落。

这里有高低错落的阁楼老房，结构精巧的院落布局，砖雕、木雕、石雕到处都是，明清时期的老院子、老房子比比皆是，木头风化了、石头风化了，写生的孩子们在老房子中吃着面，呼呼作响，青春与老房子的碰撞有一种心疼。

晚上我们在村子中找饭店，是民居中的小饭店，婆媳二人在昏黄的灯光下洗碗。大家要了几个炒菜，又要了几碗面，当然有我的炸辣椒。我嗜辣的程度简直令人咋舌，每顿要两碗辣椒方能下饭，仿佛是身体里的加油站。

骄阳已制作出我在山西拍的小视频，名字是《我是你的山河故人》，配乐是《桃花红杏花白》，星光下我与芳一起回看，看到一半就嘤嘤啜泣起来，仿佛那壁画、古寺原是我的，只不过被时光遗失了……芳也并不安慰我，她一直道我是山西的故人，并把视频发给贾樟柯的爱人赵涛。

第二日早晨，我们在明朝的老房子里吃朴素的早餐，小米粥、土豆丝、鸡蛋、馒头……搪瓷碗很朴素，七月的太阳明晃晃，热。

侍郎府在良户的蟠龙寨，是田逢吉的私邸，坐北朝南，一进院子，照壁是动人的砖雕，有海水、花朵、寿山、麒麟、火球、凤凰……无不生动，寓意是“寿山福海”，村里到处是这些，看多了不觉新鲜，只觉山西对得起曾经“海内最富”这四个字。这里写生的学生很多，芳便忆起自己的青春，和当时还是恋人的东旺一起去寺庙、古建中写生，她在学生中间走来走去，仿佛看见光阴中自己的青春。

府内有一对联我很喜欢，是著名出版家张元济的联儿：“数百年旧家无非积德，第一件好事还是读书。”书者乃高平市良户村大队会计，字里行间全是文质彬彬，书卷气极浓。果然是古村落的会计，好极。

二仙庙

大暑，一行人行至晋城西溪二仙庙，远远望去，二仙庙美得空灵飘逸、动人心魄，元朝建筑气势宏伟。我们在墙外看墙内，居高临下，蓝天白云下，背靠大山的二仙庙极幽极雅，那寺内老松伸入半空中，苍松翠柏逸笔草草，妙处难与君说。

二仙庙原本是为两个叫“冲惠”“冲淑”的女子修建的庙宇，东西配殿有梳妆楼，斗拱也秀气很多，好多雕刻上刻有莲花。大概是为女性而修的缘故，整个庙堂有润朗的秀气。姜老师说是天意，言我和芳也是二仙，恰好大暑节气来到这西溪二仙庙。我与芳在廊下对谈，泡了老茶解暑气，我们于午后廊下说着故事，一杯杯老茶喝下去。看护寺院的人轰我们走，说正在修缮，庙宇前的路的确被挖开了，但我们舍不得走，便去央求人家，几个人又准许我们待下去。午后的阳光炽烈如金线，包裹得我们散发了光。

元好问在此住过六年，有题壁诗：不到西溪四十年，溪光流影想依然。拂衣明日西溪去，且放云山入浩歌。元好问是个才子，十几岁便写出，问世间情为何物，直教人生死相许？后来考证，他是鲜卑人，因为鲜卑人汉化之后多姓元和李。我见姜老师便似当年的元好问，走上二仙庙戏台一人踱步，满腹才情无人能赏。

省江又去画画，我与芳在廊下品茶，日光的斜影照在廊柱上。芳问我什么是地久天长，我说："此时，此刻。"

崇庆寺，冶底岱庙，皇城相府

山西旅行结束后，很多朋友问，看了这么多古寺，最难忘的是哪一个？很多人以为我会说佛光寺，但在我心里，是崇庆寺。

如果找一个最符合我个人审美和气息的寺庙，我亦选崇庆寺。

一见钟情，一见如故，倚天照海花无数，赏心最爱这一寺。

七月二十三日，我们早晨在长治城隍庙稍做停留便奔了崇庆寺。途经一片白皮松，美极。又见山顶小屋，据说这是后羿住过的地方，未进。

隐在深山绿幽处背靠山的多是古寺。

我问芳："我前世是僧人吗，这么爱看古寺，而且，我叫小禅，起这名字时才不到二十岁，胆子有多大啊，有几个人敢叫禅呢？"芳说："那才是天意。"那日又是正午时分抵达，也是有三十七摄氏度，我穿了棕色钩织吊带衫配蓝色真丝裙裤，芳穿了灰色真丝长袍，两个人坐在山门外看远山，身后就是崇庆寺，还未见庙门已听到木鱼声声。

庙门紧闭，敲开便见两个老人，三条小狗，我们说要看寺庙。老人问："介绍信呢？"又被打回到二十世纪七十年代。

我们央求人家给我们看几眼，一进寺院就惊呆了，禅意空灵的宋殿仿佛在等我们，窗前有两棵几百年的老松高耸入云，见证几百年的光阴沉浮。门前还种着牡丹，老人说："有一千年了。"

我开始心跳加速，芳被美袭击，已连吃几日速效救心丸，我们宁愿被美袭击。

当看庙人推开正殿的大门，我看到千佛殿内的生动塑像，殿顶琉璃色彩艳丽，窗棂式样苍古，看庙人说这是宋人旧作，坛上一佛二菩萨及背面侧座观音像，华美肃穆得令人震撼。西配殿内是宋时塑像，保存完好，上塑观音、文殊、普贤三尊菩萨，菩萨像两侧为十八罗汉，肌肉丰润，骨骼健壮，衣褶处尽是宋朝风韵。

将十帝殿推开时，我的心脏受到袭击，简直能听到自己的心跳，这是一种在绝美的事物面前猝不及防的无能为力。一间小屋劈面而来栩栩如生的一屋子雕塑，简直窒息，简直无路可逃。第一次，我浑身激灵一下，起了无数的鸡皮疙瘩。芳和姜老师都被惊得说不出话，过了好半天，芳幽幽地说了一句："我没替东旺惋惜过什么，但这次我替他惋惜了，他居然没有看过。"

虽然这是明代塑像，但生动极了，而且保存极为完整，实为罕见。我们去过的寺庙多数只是空壳了，里面的塑像多数毁于战乱，这里却完整得令人欣喜。

看庙老人说该关门了，要看下午两点半再来，我便着急了，不走。芳去游说两位老人，动之以情，晓之以理，这才接着看。

又遇到了来拍摄的记者，他说："雪老师，我媳妇是您多年粉丝，《伶人王中王》一期没落过，你好好看看，快为我们山西吆喝吆喝宣传宣传，我们山西到处都是宝贝，长治的国宝级单位就有十二处，省保四处，市保二十七处。这个千年古县，传说炎帝神农氏在此尝百草，兴稼穑，古风盎然……"

怀着悲欣交集的心情，我第一次在寺庙内接受了采访。

是在我喜欢的十帝殿内，说到一半时我把脸埋在手里，泪水和汗水混在一起，我说："不好意思不好意思……请原谅我像一个故人一样讲述着山西、古建、寺庙、塑像、壁画……请原谅我情不自禁。"

我第一次在采访中失态，几乎不能自已。

芳说："小禅，我懂那泪水。"

在千佛殿的墙上，我看到一行小字："一九八二年大年初一早晨。"歪歪斜斜的粉笔字，在宋朝的一群小塑像下面。我问看庙老人为何这个寺庙保护得如此完好？他们告诉我："当年有一个还俗的尼姑住在这里看庙，她不让人砸。"

"她应该是菩萨转世，然后来保护这个寺庙的。"

芳依旧在廊下铺开了茶席，三只小狗绕在脚下，面前是千年古寺、古松、牡丹，虽是盛夏，犹觉空灵禅意，我们留恋又留恋，几小时后依依不舍地离开，去泽州冶底岱庙，看中国最老的戏台。

中国现存最老的戏台都是元代的，六座，全在山西。我喜欢戏曲半生，终于寻得老戏台。

黄昏时分我们抵达冶底岱庙，那是宋殿金戏台，那些大殿、山门仿佛都是为这隆重的戏台准备的，远远拾级而上，又见高耸入云之古松，古松是这些寺庙、戏台不可或缺的魂灵似的。古寺里一定有古松，且，只有一两棵，最老的一千五百年，年轻的也有几百年。那古松是禅意的、是书法的，是中国画中负责高古的那一笔，多了就俗气，就那么一棵两棵点缀着，好极了的好。我方知那日本唐宋寺庙是模仿我们，也就种着那么两棵松，回到山西，我看到中华古建的好东西，掏心掏肺地等我。

芳学戏时间不长，但灵气十足。她唱昆曲，拜了好师傅，举手投足有模有样，霞光中她唱《牡丹亭》，生生地就是杜丽娘。我亦上得台来，开玩笑说："大概前世，我是守护你的人。"二人在台上唱了很久，舍不得离开。果然是最老的戏台，人也附了体似的，唱得格外好。后来回看小视频，简直以为是上一世的事情。

今朝忽闻前世因，不似身来似梦来。

穿过庙堂、瓦宇、松柏，感受到静谧的力量，鸽子飞过，我的心飞过。

日落时抵达了皇城相府，这是康熙皇帝老师陈廷敬的老宅，小故宫一样壮丽，在落日余晖中更加古朴迷人。黄庭坚有名言："万言万当，不如一默。"这句话后来被陈廷敬写进《康熙字典》，并且恪守终生。

山西这些宏伟的院落甚多，曾经那么富庶的山西。但晋中的院落多是晋商留下，晋东南多是官宦人家留下的宅院，略有不同。

当晚我们住相府庄园酒店。

芳的女儿晚上十点赶到，因误了飞机改坐火车又奔了来。小林徽因足有一米七，抱着吉他下车，一脸的青春。

我们的队伍增至六人。

青莲寺

•

七月二十四日，三十八摄氏度的高温，我们去看青莲寺，在高速上开过了又折回来。

在隧道中听姜老师唱《想亲亲》和《走西口》，声音高亢，简直不相信是这么小的个子发出的声音，也不像换了一个肾的人。

黑暗中，我说："姜老师，你答应我至少活到八十岁，您还要带着我和芳游这表里山河的山西。"

他在黑暗中微笑："拉钩。"我们三个击掌。

又是正午抵达寺庙，青莲寺分为上青莲和下青莲，是宋代寺庙。上青莲有一千四百年的银杏树和近千年的松柏，下青莲有六尊唐塑。全国现存唐塑八十二尊，其中山西佛光寺三十五尊，南禅寺十七尊，青莲寺六尊。

但在青莲寺略微有些许失望，院子到底杂物太多，禅意少了，工作人员也多。买了门票进去，见人家正在吃饭，土豆丝米饭，每人一盒。正是饭点儿，我们饿得不行，芳去问可以吃吗？给钱，不应，只能悻悻地看着天发呆。银杏树一千四百年了，成了精。我的朋友陶亿笑说："这里是小而美的一处所在，如果晚一个月来，正是珏山望月好时节。"她又说："这个天气来看晋东南，是真爱。"我答她："是真爱，像热浪一样，心中滚雷震震了。"

下青莲比上青莲好，因为简单、古朴，亦背靠着山。唐塑的台子都低，于人世间有一份亲近，我只记得菩萨笑着，身材又丰腴又华美，十分像那个壮丽的时代。

下山时我忆起金代许安仁写的青莲寺："壶中烟景云水闲，寺在千岩万壑间。一夜西窗冷无寐，我看月落凤凰山。"

我回望隐映在山间的青莲寺，暗许誓愿，如有机会，一定择秋日月夜重来，看珏山之月，品古寺孤独。

而今忆起晋东南，印象最深的是：古寺，正午，热，禅意。

都像烙在心尖尖上，刻着骨，连着筋。

南禅寺

终于要离开晋东南去晋北了，沿高速一路北上，天空、云、风都凉爽起来，而此行最重要的两个寺庙马上就要出现了——南禅寺、佛光寺。

为了配合这古寺之行的隆重，我们决定穿一袭黑衣，芳穿了一件黑色长裙，我穿了黑衬衣、黑裙。姜老师依然穿着那件藏蓝色 T 恤，一直没换，上面有很多汗碱，领子磨破了，发了白，他心里只有这些古建，每天吃五次排异药还在开玩笑，仿佛并不在意那些病痛。

南禅寺，建于公元七百八十二年，中国现存最古老的建筑，比佛光寺还早七十五年。

抵达南禅寺时也是中午，但晋北的风凉爽极了，裤管里像吹进了鸽子，扑啦啦地飞，芳说是唐朝的风，连风也是阔朗的。

南禅寺的名字好，日本亦有南禅寺，我与小金去过，只觉美轮美奂。我如今见了五台山下的唐朝南禅寺，有一种相见恨晚和愧疚，我捧着金碗不自知。南禅寺有唐朝的遗风，斗拱雄大，出檐深远，我与芳在廊下走着，风吹起我们的发梢，我们就那样绕着大殿一遍遍地走啊走、走啊走，仿佛两个古人，也的确是两个古人。我与现代生活愈来愈格格不入，不看电视，不用电脑，不会开车，所有文章全是手写，每日临魏碑、写书法、唱戏、篆刻……芳也是，一笔好字，画也好，优雅得体，是盛唐女子的姿态。

省池的吉他终于弹了起来，在风中，她的长发拂着琴弦，大殿屋檐下，她弹琴，省江画画，芳和姜老师泡茶，我一人在殿前慢慢走，看那十五尊丰腴而盛大的唐塑。

一九九九年，有窃贼闯进南禅寺，切断电源，捆上管理员，偷走两尊唐塑，至今未破案，是憾事。

在我看来如此珍贵的古寺仍有很多疏漏，或许这些宝物天天见，就没那么觉得珍贵，还有人问大热天千里迢迢跑来看这个干什么。

南禅寺的古松和千年寺庙知道吧，我们本是故人，愿意在千年后坐下喝杯茶谈谈心。

正午的南禅寺只有我们几人。

我一直和塑像说话，也像自言自语，也像是对着时光说话，门前那棵松是知道我来过的，那大殿的飞拱也知道的。那天的风真凉爽啊，像是秋天一样了，现在想起来，有秋风的金属之味。

省池唱着歌，我与芳立于山门拍了一张照，我们对立着，低着头。那张照片骄阳非常喜欢，这个灵气逼人的孩子是我们的心头好，每天制作好视频发给我们。我和芳每日进了酒店头不梳、脸不洗，扑到床上就看视频，几乎每天一个，看了一遍又一遍。有一次，芳一边洗澡一边看视频，我告诉了骄阳，骄阳笑得前仰后合。

这场旅行，骄阳是隐形的一个人，一直追随在旅途上。

我们在南禅寺整整发了一个下午的呆，黄昏时分才离开，仍然依依不舍。

芳说："南禅寺，小禅还会来看你的。"

我转过头下山，没有回头。

我们刻意选择黄昏时分离开南禅寺，几公里之外的不远处就是远近闻名的佛光寺，当年林徽因、梁思成就是在黄昏时分抵达的佛光寺。

我们也刻意选择了黄昏时分，并且准备夜宿佛光寺。

我们知道，此行的高潮终于要到了。

佛光寺

姜老师说到他第一次见佛光寺的情景，没有办法，完全臣服。他再次强调："根本没有办法，美到崩溃。"仿佛所有的时光就是为了等待与佛光寺相遇。

一九三七年六月二十六日，林徽因与梁思成历经千里跋涉来到佛光寺，当他们黄昏时抵达这座唐代寺庙时，两个人热泪盈眶。

作为建筑专家，在此之前他们一直未发现中国还有唐代建筑，有一次梁先生在图书馆查资料，看到敦煌壁画图中有五台山，而五台山下便画着佛光寺。

“如果真有这座寺庙，必是唐代建筑无疑。”当时日本古建专家断言中国已无唐代建筑，要想看唐代建筑必须到日本来看。

那天林徽因与梁思成激动极了，在唐朝大殿下打开了带来的所有罐头。佛光寺的 Wi-Fi 密码是 19370626，正是林梁抵达的那一天，也就是他们发现了佛光寺那一天。

很快，抗日战争爆发，而林梁二人依然走在考察山西古建的道路上。

是什么支撑他们如此坚定？

芳说：“只能是家国情怀的支撑。”所有年轻时对林先生的误解，都被她的赤子之心和家国情怀击碎，一个远行千里来探寻古建的女子，咳着喘着，体弱多病……梁先生的胸也打着钢圈。想想就热泪盈眶，以他们的贵族出身，完全可以在北平当当名媛、少爷。可是他们一步步用脚丈量着表里山河，做了大量的测绘，留下了史诗一样的资料，创建了清华建筑系的最初样本，他们的测绘手稿至今保留在清华建筑系。

省池沉默好久，这个清华建筑系的女生说：“我还得努力学习……”只这一句，如雷震震。

这是二〇一七年七月二十五日黄昏，我们来到最震撼的佛光寺。

唐代建筑、唐代雕塑、唐代壁画、唐代题记、唐代松柏，原汁原味的唐代。南禅寺被修缮过，但佛光寺保持着公元八百五十七年的味道。梁思成先生说它是中国第一国宝，并不过分。

东大殿是佛光寺正殿，从殿内望远山，一片青黛，云雾缭绕。殿檐探出有四米之远，这在宋以后的建筑中再也没有，目前是唯一的。

我听到姜老师因激动和紧张发出的喘息声，他在看唐代的壁画。

松涛阵阵，天色已暮，姜老师从殿后出来。

这一刻，是千年。

这千年古寺袭击了我们，我们愿意在时光之河逆流而上，然后沉溺于唐代，不醒来。

感谢姜老师、芳，同类的人相行，是灵魂最有质感、最高级的相遇，不发一言，已是千年。我们沉默，我们相拥，我们在暮色四合中看着佛光寺眼含热泪。

所长唤我们去吃晚饭，一桌素菜，所长拿出一瓶五台山白酒，芳说：“喝”，于是喝酒，我们在佛光寺的月光下喝酒，一杯又一杯。

星光升上来，芳微醉，坐在廊下泡茶，省池弹吉他，天下起了雨，蝴蝶和蛾子在灯下飞，一只只落在我身上、肩上，它们穿过千年的风而来。

已近午夜，没有困意，千年古寺灵气逼人，有了禅意和说不清的种种思绪。

我们不肯睡，听风声、雨声、松涛声，舍不得睡去。远远的，还有钟声，是有缘人的钟声。

我们决定去东大殿前痴坐，细雨中拾级而上，在夜半雨中绕殿而行，雨中的佛光寺散出了幽光，午夜的光线有一丝恐惧和难以言说的神秘。群山在万籁俱寂中一默如吟，佛光寺似沉睡千年的老人，沧桑里全是空灵。那两棵唐朝老松也仿佛入定，等待与我们雨中的相会。

省池为我们拍照，我把芳的披肩当了裙子裹上，一点一滴数光阴。

三个人的佛光寺是刹那的永恒，此时的大殿，便是地久天长。

那夜一直舍不得睡，山里又清冷，我数着雨声、涛声到天明。

芳四点多又起来，唤我再去看早晨的佛光寺，雨下得稍微有些大，我们便撑了伞去，芳说：“此生有一个晚上可以住在千年古寺真是福报。”我说：“是呢，还能看到五点的佛光寺，美到不敢言语，怕惊动了谁似的，这是时光给予的福报。”

雨落在松针上，晶莹剔透，一如千年前，没有改变。我与芳雨中漫步、轻吟，在大殿周围转了一圈又一圈，只有我们两个人，仿佛此刻便是唐朝，便是地久天长。

我依依不舍地离开佛光寺时许了愿，愿他日乘愿再来：期岁之间一再来，青山无恙画屏开。出门依旧黄尘道，啼杀金衣唤不回。

回望山门，佛光寺三个大字印在砖红的影壁上，古松挺拔苍劲，我在心里挥了挥手，和亲爱的佛光寺说了再见。

与姜老师分别的时候也到了，他不陪我们去大同了，我们在忻州吃过地道家乡菜，告别。

天下着雨，芳拥抱姜老师，我也过去。泪水先崩了出来：“姜老师，等我们再来。”

“你记得要至少活到八十岁，我们拉过钩。”

他微笑着站在雨中，乐呵呵得像菩萨：“我都记得哩，都记得。”

大同

大同是我们旅行的最后一站，也是芳的家乡，芳生于大同、长于大同，二十七岁时离开故乡。她每每提起大同就有不自知的亢奋，是深情的，是念念不忘的。芳的一双儿女都生于大同，芳的亲人也全在大同，大同是她灵魂里的根，就像霸州是我的根、我的魂。

大同的天是蓝的，像一个人的眼睛，大同人叫它大同蓝。我和芳走在老街上，看着断壁残垣，感慨万千，大同五年内发生了翻天覆地的变化，城墙上吹来北魏的风。

善化寺不同于我们看过的任何一个寺庙，门口聚集了很多大同人，多是中老年男人在那聊天。芳说："这是大同的新闻发布中心，大同的事在这儿都能知道。"

善化寺是皇家寺院，辽代建筑，壮阔开朗，大气极了。虽少了禅意，但有了人和树木就有了人世间的亲近。辽有野气，连雕像、寺庙、壁画都壮阔，有气吞山河的气魄。

正是黄昏，寺庙的屋檐挂着铃铛，生动地响着，穿过大同的蓝天，像欢迎芳回家。

晚上芳的朋友请我们吃云南菜，云南菜没记住，倒是墙上的一幅字吸引了我：荷樵听琴。古风盎然的魏碑，落款是杜鹃。我正暗自赞叹这一幅有魏风的好字，芳在我身后说："这是我的老师杜鹃。"

几天之后我就见到了杜鹃老师，在她的魏风堂，真是天意。我回家后杜老师寄了字帖和毛笔来，我决心好好写魏碑，一个女子写魏碑，就像女子唱老生一般，杜老师鼓励着我："你看过去的作家全是一手的好书法，你有灵性，我信你会惊了世人，到时候用魏碑写你的文章，自是惊世。"杜老师像壮阔的北魏男子，连说话也铿锵，简直就似她写的魏碑，妙极。

我们夜宿"琵琶老店"，这里离城墙只几步路，夜晚的大同有些清凉，我似到了北魏，在一派雄浑中感受那波澜壮阔。

芳继续回忆她小时候在哪上学、在哪玩耍，一派深情厚谊，那深情，大同的一砖一瓦都知道。

七月二十七日，大同二十四摄氏度，我早餐吃了三碗羊杂汤，放了极多辣椒，琵琶老店的羊杂汤真香。

我们七点去了华严寺，在这之前，芳一直和我说华严寺：“美得呀，你都无法想象。”

华严寺分为上下华严寺，依然保持了皇家寺院的壮阔和磅礴。辽代的建筑，金代的雕像，清代的壁画，有大气韵。几百只燕子在空中飞着，它们叫着飞进大殿，又飞出来。那些燕子好像从北魏穿越而来，带着风，带着响，带着果敢和勇猛。有时候，我觉得芳就是那其中一只燕子，她一直飞啊飞，飞啊飞。

清代壁画鲜艳了许多，近十米高的大墙上全是壁画，我和芳在幽暗的光影中走着，有一刻我分不清我来自何方又要到何处去。那光影、那壁画、那影影绰绰的光阴罩住了我。我不想动弹，也动弹不得。

那一刻，没天没地。

那一刻，我们站成了千秋万代，心心念念。

中午，我们看了北朝博物馆，一个民营的博物馆，馆藏丰富，尤喜里面收藏的魏碑。魏碑上承汉隶，下启唐楷，有一股野气和硬气，我认识的胡立民先生和杜鹃老师写得好，写魏碑的人风骨里是硬的，有鲜卑的蛮荒之气。从大同回来，我开始习魏碑，拜了杜鹃老师为师，我骨子里应该是魏碑的。

曹老师

很多年很多年以前，那时候 M 还没有结婚，我们常整夜整夜地说话。有一天她采访曹乃谦回来说：“我们去大同吧，大同有个作家叫曹乃谦，唱山西民歌唱得可好了，我们去听他唱歌吧。”

说起来十多年了，当时我们都没有去成，那时还没有网络购票，没有12306。M去火车票代售点问有大同的票没有，结果没有，于是我们去了铁岭，去看二人转。

但我知道了这世上有个好作家叫曹乃谦，他会唱民歌，他在大同。

我把心愿告诉了芳，芳说：“我找朋友联系曹老师。”

七月二十七日下午三点，我们前往一个半新不旧的小区拜访老作家曹乃谦老师，这个一直用方言写作的作家，被王安忆称为：“乡情郁郁而古风醇醇”，马悦然称他为“天才的作家”。

没有电梯的楼房，楼道贴满小广告，曹老师住六楼，我们刚到五楼，一抬头，看到笑盈盈的一对老夫妻站在六楼门口等我们。

年近古稀的曹老师唤我“小禅”，知道我们要来拜访，曹老师把茶杯茶碗都刷干净了，哆哆嗦嗦泡菊花茶。

曹老师的老伴说：“今年春天又‘栓’住了，这是第四次了。”曹老师说：“可‘栓’哪也‘栓’不住心，还一直写一直写，现在的事一件也记不住，刚看完天气预报转身就忘，但过去的事咋就一锥子扎在心里一样，一丝丝都忘不掉，小禅你能听懂应县话吗？我就说不了那个普通话，一说就不会讲话了，我这辈子就说个应县话，写作也是。”

“方言好呢，方言有力量，您用应县话写的小说和散文，生动哩，您根本‘栓’不住，您的心里住着无数匹小野马，要奔腾出来呢。”

他就笑，孩子一样天真。

他叫自己老伴“四女”，“四女，这个小禅会写东西哩，用的那个句子呦，真真儿好，我写不出来。”

“我写得不如您好，您才活生生哩。”曹老师带我看他的书房，指着给我们看："我一个乡巴佬，专爱看些洋书，洋气书好看。"果然，一排排全是外国作家的书，都是国外的小众作家。

阁楼上有下围棋的地方，"来来，小禅咱下个围棋。"我几乎不会，曹老师便摆子教我如何围。家里的绿萝爬得到处都是，他年轻时的照片英俊逼人，现在仍然是个帅老头，两只大眼睛分外有神。

看得出来，省池省江也分外喜欢老人，支着个下巴听他说故事：曹乃谦是一个叫换梅的女子偷来的，换梅本是他家邻居，自己不生养，天天抱着招人的他，动了心思。有一天借了人家的毛驴把孩子藏在毛驴底下就偷走了，这个换梅就是曹乃谦笔下的娘，写了一辈子也写不完的娘。

"我'栓'住了唱不了那动人的歌了，但还有别的才艺表演给你，我给你吹口琴、吹箫吧，大夫说你得拄拐杖啦，你的腿脚不灵便啦，我就买了箫，平时当拐杖，当完拐杖就吹起来。"

他吹口琴的样子又可爱又认真，简直像个孩子。那天他穿了一件海蓝色的 T 恤，他的老伴四女说："听说你们来换上的。"

他的箫声也好，吹了《兰花花》，又吹了个国外的曲子，动人极了的画面。

我看得心里一跳一跳的，主动提出给曹老师唱戏，我唱了《锁麟囊》，又鼓动芳唱了昆曲《牡丹亭》。

临别时，曹老师送了他的书给我们：《流水四韵》《伺母日记》《同声四调》，一笔一画地写上我的名字，又钤上印，郑重交给我。

他执意送我们下楼，虽腿脚不便，却一步步走下六楼，我们走出好远，他仍然站在原地，挥着手，挥着手。

云冈石窟

好像全世界都晓得有个云冈石窟，好像大同就等于云冈石窟，好像人们就为了个云冈石窟来了山西。

我们抵达云冈石窟时是黄昏，光线把云冈打成了镀金的佛。我一直无法想象一千五百年前的场景，有多少人在此雕塑佛像？耗时六十四年，几代人在此造石窟。一千五百年过去，裸露在外面的雕塑几乎全部风化掉了，连痕迹都成了线条，但我能想象佛像当年那壮阔神秘的微笑，甚至，我被风化后只剩少许线条的雕像迷住了。迷人啊时光，把本以为会千秋万代的石雕吹刮得没了痕迹，空留千年一叹。千年一叹，谁都是时光的过客，终是一梦。光阴是所有人的敌人，不要说你的辉煌、脆弱、生死、荣耀、难堪，在一千五百年前的石窟面前，一语不发。

石窟内则气象万千，主要的四十五个洞窟中，雕刻的是北魏的气度、胸怀、开阔……五万多尊塑像，形态各异，最大的高十七米，最小的仅两厘米。石窟中，那些融合了外来文化的雕塑一派开阔之气，她们丰满大气、细腰肥臀、载歌载舞、神采飞扬。手中有几十种乐器，或击鼓或敲钟，或琵琶或短笛……波斯人的着装与特征比比皆是。那是怎样一个开阔的北魏，大融合、大发展、大开放，以最壮阔的姿态向世界开放，北魏为走向盛唐做了隆重的铺垫，而历史终会记得一个叫孝文帝的人。

早期的昙曜五窟气势磅礴，看得出是倾国家之力所修，晚期人物形象清瘦俊美，是北魏迁都洛阳后所修。

高 13.75 米的露天释迦坐佛是云冈石窟的标志，我在它面前一次次地徘徊，不敢高声语。暮色中，我看见了一千五百年前的黄昏，我看见自己在北魏的平城（今大同）走在暮色中，走到石窟前，深深沉醉。

应县木塔

应县木塔是一个传奇。塔高有二十三楼那么高，67.31 米，纯木结构，没有一颗钉子，是世界最高的木塔，也是一个女人所建。辽时，萧太后建此塔，至今已近千年。

我一直在想象萧太后是怎样一个女人？在木塔的二楼、三楼、四楼都有菩萨雕像，有几个是女子，目光坚定如炬，面露镇定微笑，好像没什么可以畏惧。这个小字"燕燕"的女子，其实是政治家、军事家、改革家，在戏曲中，是杨家将的"敌方"，与宋朝达成"澶渊之盟"的人，想当年金戈铁马，冲锋陷阵在前的女人，有北方女子的硬朗帅气。芳说："她是应县人，应县女人都有主意，也有本事。"芳的母亲也是应县人，芳说："她是家里的主心骨，是个非常有主意的人。"芳也是，皮儿上是优雅柔韧，骨子里是坚强飒爽，她偶尔一笑，像调皮的小男生。

木塔内触目惊心的是鸽子和鸽子粪，倾斜的木塔有了裂缝，连窗户都斜了，鸽子从窗口扑啦啦地飞进来，木地板上全是粪便。从窗口远眺过去，是应县的县城。木塔见证过这块土地的悲欢，一千年来，太阳还是那个太阳，于木塔来说是一瞬。

一九二六年，冯玉祥军队向山西发展，遭到阎锡山死命抵抗，此次战争，木塔中弹两百余发，受重创。

一九四八年解放应县，守城的国民党军队以木塔为制高点发射机枪炮弹，木塔被十二发炮弹击中。

然而，不倒，仿佛有如神护。在战争面前，所有文物脆弱不堪，分分秒秒沦为牺牲品。

芳说，建塔时的木头大概用了两千卡车，现在想维修，但世界上无人接单。

我和同行的“小林徽因”说：“修塔的任务交给你了。”她笑：“这个单接不了。”

我们在塔上待了很久，又遇见天津大学建筑系的教授在测绘，外边天气炎热，塔内却清凉。塔内有匾额五十四块，还有辽代木板印刷本，传说木塔有避火珠，不会遭雷击，炮弹打过几百发也会瞬间熄灭。

当地老百姓说这是座神塔。

回望应县木塔，我在心中默念祈福，愿光阴和神都保佑它，再立千万年。

此行，是山西之行的最后一站，我与芳和两个孩子吃了一份应县的滴溜凉粉，五块一碗，我亦透过窗户，拍下这碗凉粉和木塔。

只觉这半月才开始就结束，好时光大概是这样，千年一瞬。我不过是山西的故人，回来寻了旧知己，那寺、那庙、那佛像、那壁画、那塔，原是上辈子见过的，见了只想好好亲近，泪水都是烫的、热烈的、带相思的。这一程，千里万里路，我必至死不忘。

此生，念念。

万言万当，不如一默。

回家后我一直恍惚，仿佛人还在山西，每夜梦中，全是寺庙、雕像，特别是雕像，他们旋转着扑向我。那随便握一把泥土便是五千年中华文化的晋东南，那里始终被称为中华文明的古脉。尧舜在上，黄河滔滔，每一声叹息里，都是古风扑面，炎黄子孙在这里丰茂的繁衍，这里还是明清戏曲的集散地，中国最老的六座古戏台几乎全在这里，这里还是元杂剧的诞生地……而我，失了灵魂，丢了魂儿一样茫然地坐在禅园中发呆。

如何能平息内心对表里山河的热爱，在骄阳灿烂的七月继续回忆山西。灼灼其华，山河不能忘，低头的瞬间，我看到泪水落在发烫的稿纸上。

过了有十多天，我忽然特别特别想说山西，于是给素莲发微信："从山西回来后，一句话也不想说，就想这么想念下去，从来没有过的，像爱上一个人，颠三倒四，像动了真情，像一只飞蛾要扑向火。"

她说："我懂。"

但她又问："山西有什么？老陈醋？煤？"

我几乎要生她的气，一直以为她是知己，却说出这样浅薄的话来。但转瞬又不怪她，在去山西之前，我对山西的理解又何尝不是如此？

那个晚上，我说了几个小时山西，滔滔不绝，像谈自己的恋人，像说一个久违的知己。

素莲说："小禅，你应该把山西的树叶带回一片来安放，看到那片树叶，会想起山西的气息。"

我告诉她，我把山西带了回来，放在心窝了，从此不再抱愧山西，而是每年都要去。

山西卫视的微博说："雪小禅老师在做《人说山西好风光》第一季评审嘉宾时，曾说过，在她心中住着天高地厚的山西，来日方长，她一定会用真心和双脚，一寸寸丈量山西的表里山河。这一次雪姑娘回山西啦！"看完这条微博，心热。谢谢山西卫视用了这个"回"字，是以等我回家的姿态，等待一个故人。

是夜，我再次梦到山西，梦见前世。梦见前世自己是一个穿灰色长衫的人，站在龙门寺的白皮松下听风、看远山。我一回头，看到山门打开，看见那些雕像都活了过来，我走进山门，微笑。

季节性的新蒜和青笋真是人间至味，配得起恰恰好的生活。猫在脚下鼾睡，我们在吃晚餐，晚霞映照下，禅园自有了光芒。晚餐后去郊外散散步，保持充沛的体能写作画画。日复一日，就是最好的恩典。

大同记

大同真是个迷人的地方。

每到大同，都似到了北魏，云冈石窟和魏碑像还魂一样，丝丝缕缕地绕上来，回家久久，挥之不去。绕在脑海里、舌尖上的，还有大同美食。

大同二字好，天下大同，大同大美。一千五百年前，大同是北魏的都城，年轻的孝文帝开疆拓土，开凿云冈石窟，那吞吐的气象令人叹服。

我已是第二次到大同。第一次来时，在敬善寺、华严寺、云冈石窟前久久不语。大同有一种时光上的地阔天高，出了大同就是塞北，将士们曾经在这里纵横驰骋，《杨家将》《穆桂英挂帅》，戏里戏外，这里都是主战场。

云也是塞外的云，大朵的、厚实的、野性的，又带着侵略性的。天蓝得让人想私奔，又不知道和谁私奔。

大同的羊肉香啊，绝不腥，是单纯的鲜、香、嫩，一口下去，可定生死。羊杂汤也好，放了红薯粉或土豆粉，再加上羊杂、高汤、芫荽，我每次可以吃三碗，当然少不了辣椒，又辣又鲜，我没见过比大同的羊杂汤更好喝的羊杂汤，太原并州饭店的羊杂汤也好喝，但也是大同的师傅。我对大同的美食，念念不忘。

但去大同并不容易，高铁不通，我与表妹去天津机场乘飞机，等了一下午硬告知航班取消。明天上午九点的活动还在等着，于是打车去大同。千里之路，我们约了滴滴，一听去大同，滴滴师傅便取消了，又约，遇到张师傅。

五十五岁的张师傅以为接错了单，他说没接过这么大的单。天开始下雨，此时已经下午六点半了。上了车，张师傅就开始用纯正天津话说单口相声，有趣、幽默、丰富，简直是天生的相声演员。

在夜色中，我们在八达岭高速上飞驰着，单口相声变成对口相声、群口相声，我和表妹也加入了说相声的队伍。

又开始说戏曲，张师傅懂戏，一张嘴全是一个“懂”字，我们把天津戏曲圈聊了一遍，他说：“哟，姐姐（天津人管所有女人全叫姐姐），我拉了半辈子车，第一次遇见一个这么懂戏的，姐姐您唱戏吗？”表妹幽默地答：“姐姐是厨子。”

张师傅给老伴打电话：“那谁，我拉了个懂戏的姐姐，还会唱，让她给你唱一段。”我也不客气：“嫂子您听好了，我给您来段《春闺梦》。”气氛越聊越热烈，索性和张师傅唱了一段《武家坡》，掐指一算，我有一年半没唱戏了，嗓子都僵了。

又聊美食、厨艺。张师傅说：“哎哟，简直是打到我手背上了。我就是个厨子，就爱做饭。”

我没见过比张师傅更会做饭、更能把这个过程表达得如此丰富的司机兼厨子，特别是用天津话表达，有说不出的江湖、幽默、有趣、日常，他每说一个菜，我和表妹都咽一口唾沫，简直是画饼充饥，此时已是半夜。

张师傅说做炸酱面的话要用姜片炝锅，姜片有奇妙的香；夏天吃凉面可以放青椒土豆丝，土豆丝要手工刀切；酱肘子想好吃要用高汤，必须给肘子绑上绳子；蒸包子时间火候重要，顶多七八分钟出锅，时间长了不好吃；做清蒸鱼时，鱼要用水焯一下，里面必须放料酒，去腥；酱牛肉的诀窍一是用高汤，二是要用甜面酱，重要的事情说三遍：甜面酱，

甜面酱，甜面酱。他说这个法儿对一般人不说，传女不传男，那酱牛肉为什么好吃？就是因为甜面酱。哦，还有素馅儿饺子，他说的配方有十几种东西。说完了表妹说："张师傅，咱能停车找地方包素馅儿饺子吗？"

张师傅说："咋去大同这么近的地方？我拉你们去西安吧，西安天亮也到了，咱去海南吧。"表妹把买的面包给他，他一边啃着面包一边嘱咐我们："炖肉要用冰糖炒色，一定用冰糖，透亮，颜色好，更好吃（回来后就实验了，果然）。"说的都垂涎三尺了，我们约了去张师傅天津家中吃饺子、炖猪蹄……

我们深夜两点到大同，依依不舍，雨中挥别，八个小时觉得是一瞬，有趣的灵魂终会相遇。

宏芳已经在大同等我，上次与她和姜老师游了山西，沿着林梁二人走过的道路走了半个月，如今的七月我又到了山西。

芳的老家在大同，这里有她的少年、青春、爱情、婚姻，直到离开大同去天津美院，后来又到清华美院，她曾在大同大学教学，父母兄弟也全在大同。大同是她的根。

我们同去华严寺，这天二十摄氏度，微雨，我围了芳送的绿丝绸围巾在松下听风，和芳拍照甚是默契，两个人像上辈子的情侣或亲人，简直没有一丝隔阂。

又去看露齿菩萨，我喜欢她的微笑，无论多难都要微笑，那是一个姿态。芳真像露齿菩萨，先生东旺去世后，带着一双儿女往前走，她像一棵坚韧的松，优雅里全是坚韧。

次日我们去了善化寺，我着了粉裙，芳穿了蓝缎子旗袍（她穿旗袍简直顶顶好看）。我们穿行于大殿廊下，很多飞鸟飞来飞去，阳光斑驳，大殿显得我们极其渺小，像尘芥。我们颔首，我们祈祷，我们说着今生来世。我记得廊下的光射进来，打在我们脸上，芳的脸上有母性的光辉，她这样优雅、仁慈、美好。

黄昏时，我们穿过老街去“魏风堂”。遇见古戏台，我们便在晚霞中唱戏，像痴人、像疯子，不管，也不顾。

终于又见到魏风堂的主人杜鹃老师，她是我和芳的书法老师，比我们还小，却写得一手好魏碑，好极了的好。我家中客厅只有一幅书法作品，便是杜鹃老师写给我的《惜君如常》。长风浩荡，有力量、有骨节、有疏朗、有壮丽、有风度、有缠绵、有想节制的放纵，总之，大好。

杜老师的长相气质里写着两个字：魏碑，且是平城魏碑。大开大合，一身英气，字里脸上全是魏风山河。魏风堂人来人往，四合院中种了树，树下开着月季花，我们坐在桌下喝老茶，说些平城往事。杜老师嘱咐我一定好好写魏碑，一定有大出息。

我们在雨声中看杜老师写“闻樵听琴”“松风停云”，觉得魏碑真是好，写字的女人脸上有英气。

次日去云冈石窟，还是依旧震撼，尤其喜“音乐窟”，所有的人载歌载舞，丰脑、云鬓、坦露、性感、热情……这是文化的大碰撞，我看到年轻的孝文帝如何改革开放，兼容并包，让年轻的领袖们与汉人通婚、汉化，推动大量波斯文化和艺术的进入、融合，使云冈石窟异彩纷呈。除了叹息、震撼，我别无选择。

中午，阿曲安排了铁板烧。阿曲是笑容明朗的女子，干净的眼神不容置疑，喜欢穿中性风的衣服。她的女儿丝丝也是，小小年纪就有了相当迷人的气场。阿曲做餐饮十余年，店是开一家火一家，她爱美食，却又瘦瘦的，她的“古橘小院”里挂着我的四个字“繁花不惊”。

中午的菜品极好，当然，铁板烧为最，简直是艺术。我一边吃一边赞叹，这是我吃过的最好的铁板烧：特 A 级鹅肝、俄罗斯黑鱼子酱、红酒果酱、法棒……

鹅肝做法超级棒，不用盐腌制，煎的时候先撒黑胡椒，再撒饺子粉，煎熟后喷洒白兰地收尾。

煎鱼，加盐和黑胡椒，煎熟后用白兰地喷洒，淋上酱油腌制的细蒜蓉。

榴莲烤肉（我第一次吃），是上脑牛肉加金枕榴莲，也是用白兰地喷洒，只撒盐和黑胡椒。

还有烤芝士土豆、烤黑蒜，芝麻沙拉汁儿拌菜里加了牛油果和火龙果。

我们相继扶着墙出了饭店。

芳说：“晚上我再吃饭姓李。”表妹说：“我也是。”芳本姓张，表妹姓马，可见真是下了最烈的决心。

晚上在魏风堂吃饭，芳夹了寿司，表妹夹了酱猪蹄，她们看着我，我说：“李氏姐妹请吃好。”大家笑成一团。

大同美食，让人舌尖生出相思。

又去悬空寺，在北岳恒山。山上风大，顶多二十摄氏度，这还是在七月，塞外的风吹得头发都飘起来。

这是我第一次来悬空寺，看到了北魏时期巧夺天工的古建。为了降伏水患，他们修了这座龙形的寺庙，悬在半山。木质结构，历经一千五百年依然完好。

我看到一座北魏时期的塑像，呆萌呆萌的，充满喜感。眼神明亮，表情干净，清澈、单纯，像北魏的人，简单、明快、真挚。我欢喜地拍下它发给骄阳，骄阳立刻找出我的一张图片拼接上，然后说：“你们好像啊。”我便笑了，大概我心底里也一直存着一个呆萌少年吧，虽人至中年，还是偶尔露出孩子的样子，又任性又娇嗔，也是难得。少年气和年龄没有关系，只和心灵质地有关。

那塑像里的开阔、质朴、可爱、天真和欢喜心，我都记得了，并且愿意保持着。

最后一天，我们坐在古城的尚品御泉吃炭火烤肉，雨声正好，人也正好。又是阿曲老师的店，她亲自烤，温和敦厚地烤着。我吃到了最香的辣椒（走时阿曲老师还给装了一坛子）和最香的羊肉，喝着清酒，听着雨声。芳临窗而坐听曲，和对面的大哥话家常，我和表妹盛赞辣椒的香。雨一直下一直下，远远地看见城墙像一个古时候的人，远远地走来，站在窗前看我，问："你喜欢大同吗？"

生活的意义有时在于一边摸索着前进，一边总结疼痛、欣喜、梦想与情怀的代价。时光把不堪赠予人的同时，也把经历的硕果随手相赠。在一意孤行中笑若春花，不为懂得，只为渐行渐活渐慈悲。

表里山河

疫情以来，我整个人低迷了很多，尽管每天也在勤奋工作，然不梳头不洗脸，每日只穿睡衣。再上秤、再照镜子，仿佛换了一个人似的。一个人精神面貌一涣散，马上影响到她的面容。我重了二十斤，衣服更是松松垮垮不成样子，找出以前的衣服，几乎都穿不进去了。

二〇二〇年对于每个人来说都不平凡，疫情的到来重新构建了时光、思想、生活方式，我一个几乎每天都在路上的人，开始怀念起了机场、高铁、陌生的城市，城市中的食物、空气的味道，每个地方的水、植物……于是，近乎半年没有出过门的我，七夕便去了大同。

我去大同已经有四五次，但这次大不同。在北京清河站上车，一个多小时便到了大同。大同天已凉爽，但北魏时期的风气仍在，城墙巍峨，华严寺庄严，是皇家风度。善化寺是大同的新闻中心，门前坐了很多老人，在松下喝茶聊天，这也是一派人间烟火。

大同有十分硬朗壮阔的气势，晚上我们在木兰小站吃饭，满天的星光亮起来，天空是凡·高的天空，女子们在花下饮酒，花香弥漫，酒香扑鼻，众人似红楼梦中人，说的是旧事。如荷说院子里的山楂树都结了果，猫也生了小猫，院子里的荷花还在最后的怒放，一切美得妥帖而恰到好处。我们便天南海北地说话，东一句西一句地说，也说书法、也说历史，说起大同一千五百年前的辉煌。

云冈石窟每每令人震撼，总让人有被袭击的快感。我又爬上了悬空寺，与古人在时空中交谈，长风浩荡啊，我的绿纱巾在风中飘着，我看见自己在跳着舞，我看见在那个叫北魏的年代，我也是果敢勇猛的北魏女子，在沙场上，在草原上，在寂寥宇宙间一骑绝尘——北方的血液和基因让我始终对壮阔怀有敬意。

我站在悬空寺前吹北魏的风。

我在善化寺门口和老人们听松喝茶。

我在华严寺乞求自己能做一个内心辽阔又平淡天真的人。

几个姐妹又约着去土林喝下午茶，土林大概有几万年了，一堆又一堆沙丘堆积在夕阳下，我们喝茶吃月饼看夕阳，很多摄影爱好者给我们拍照。茶很热，月饼很甜，一切都恰恰好，也没有多一个人，也没有少一个人，神仙姐姐梳着麻花辫子，芳穿着旗袍，宁静依然如赤子一样热烈干净。那天我们喝了十年的老岩茶，味道是高山流水一样的壮阔，岩茶总让人唇舌回甘，犹如一场浓烈的爱恋，回味悠长。

第二日我和芳又去临汾，四小时的高铁，我们与仙红和傅谨老师、姜剑波老师会合，我们都是奔广胜寺而来。

仙红的名字真好，特别是这个仙字，好极了，依旧美得耀眼夺目。傅谨老师与我一起做过山西卫视和陕西卫视的戏曲节目评委，依旧风度翩翩，眼镜片后面是一个学者的儒雅、天真。他笑我胖了很多，喊我：雪玉环。我当下决定要减肥，转眼又觉得人生苦短，吃吧。

姜剑波老师和我是故交，几年前我们一起游山西，沿着林徽因、梁思成的古建之路重走，在一起半个多月，唤醒了我对古建的热爱。姜老师身上的天真气真难得，他笑起来依旧像活菩萨，姜老师身体不好，做了十几次手术，每天吃很多排异药，仍然执着于旅行和探寻中国古建。

于是我们便去广胜寺，哎呀呀，又心跳了。我天生爱这些古寺，倒不喜欢逛商场买奢侈品，一看见就心烦头疼。广胜寺在洪洞县内，洪洞县大概是全中国最有名的县吧，一句戏词就把洪洞县唱火了。在《玉堂春》里，玉堂春唱道：苏三离了洪洞县；后面又说：洪洞县内无好人。那都是戏词。洪洞县有历史上第一个监狱，又有名扬天下的广胜寺，不远处还有壶口瀑布。洪洞县的名气倒比临汾还大，不仅有那句戏词，还有大槐树，想必也是后来种的。洪武年间的大迁移，很多山西人从大槐树下出发，走向了世界各地，每年很多海外华人跑到大槐树下祭祖，也许我的祖先也是从大槐树下出来的呢，不知道。

反正我到洪洞县便有莫名其妙的熟悉之感。

尤其广胜寺。

广胜寺始建于东汉年间，毁于战火或地震，一直被重建，大多建筑为文化建筑。广胜寺分上、下寺和水神庙，各有其迷人之处。水神庙内的元代壁画，是我国唯一不以佛道为内容的壁画孤例。最让我欢喜的就是看到了元代戏曲壁画，我见到的复制品在山西博物院，原作就在广胜寺的水神庙内。“大行散乐忠都秀在此作场”，想必忠都秀便是和当年的梅兰芳先生一样，画中十一人，分生、旦、净、末、丑。这是面积最大、保存最好的戏曲壁画，生动极了。

东西墙上的壁画也令人动心的美好，是一幅好美的祈雨图。有人松下饮酒（古壁画中多有松），有人下棋，有人在整理东西，我还第一次看到将水果放在自制的土冰箱中，怪好看的，只觉得日常而温暖。

山脚下的下寺高低错落，全部是元代建筑。殿内壁画被二十世纪初的文物贩子卖到美国，现在陈列在美国纳尔逊艺术博物馆中。

最有趣的是卖壁画的僧人还给自己立碑了，怕以后说不清，他说两大块壁画只卖一千大洋，然后用于修缮寺庙。无论是“辉煌”的王道士，还是这位僧人，我到现在的态度都是耿耿于怀的，文物壁画、经卷皆有它们的宿命，只能安享时光给予的摧残。

上寺的飞虹塔也真是壮丽，我们小心翼翼地爬了楼梯上去。

黄、绿、蓝三色分外壮观，斗拱、倚柱、花卉、佛像、菩萨，佛容庄逸。

又绕到飞虹塔后面的殿，哎呀，又看到两棵几百年的古松，又是猛烈的心跳，也说不清为什么这样喜欢松，就悄悄地走过去，站在松下，和人家说了很久的话。

又往里走，还有第三座殿，也顾不得看殿里有什么，只见一棵几百年的白皮松屹立于殿前，一棵活着，一棵死了。活着的白皮松高过大殿，像挺拔的男子，俊秀极了。我记得龙门寺的山门前也有两棵，那天我在龙门寺门前穿了灰旗袍。总之，想起这些古寺总是先想起这些古树，每一棵在哪、什么形状都记得清清楚楚。想必前世我在寺庙里住过，至今我也怕热闹，一人、二猫、三餐、四季，没有嫌寂寞，我永远不去跳广场舞，不接受三个人以上的热烈。

到了广胜寺我又有了新打算，日本京都有几千座寺庙，我准备闲时到那，一个个去看了。这样一想心里好激动，好像能看到晚年的我，一个人逛京都古寺，随便找个咖啡馆坐下看风景，也不再拍任何一张美景，让眼睛尽收心底即可；也不再用文字记录，安静地享受美景、古寺、美食，在异乡做一个安度晚年的老人。

好像只有去看那些古寺才能化解时光的冲击了，想想就好。

姜老师说：“人和人之间、人和物之间，都讲大因缘，小禅，你和山西这些古寺有缘呢。”

“姜老师，我想去看古戏台……”

姜老师说：“那必须去看，元代古戏台现存不足十座，也全在山西，大部分在临汾。”

于是我和芳去看了古戏台。

三十八摄氏度的高温，我们打车去了王曲东岳庙古戏台。

古戏台也真是漂亮极了，斗拱飞檐，台下是几棵老树，台上是我们在唱《牡丹亭》，村民大姐说每年村子里的人过年还会来唱戏，“也请戏班子，只是现在年轻人不喜欢看戏了”。

我们又去东羊后土庙，这次简直是惊着了。我们穿过了乡间小路，到达村子里，随便问哪一个人都知道这个老戏台。

戏台外，农民在收割玉米，震天的轰隆声，地上也晾晒着玉米。拐进戏台去，看见几个村民在打鼓，猛然抬头看见了戏台，红色的墙，斗拱飞出，又转到前面，看到戏台对面两棵千年古松，一左一右，两边各一个角楼，我情不自禁地唱起戏来，生怕戏台和古松怪我来晚了。又怕惊动了人家，便小心翼翼地唱。这小心翼翼让我落了泪，我忽然掩面，忽然泣不成声。芳也不劝我，兀自给我录着像，我也不问，我就哭了。

在美面前我们多么不堪一击啊，这是我见过的最美的戏台了。我知道是因为那棵古松。

戏台也真美啊，坐北朝南，台前两根石柱，柱上浮雕莲花和牡丹花童子，内檐是三层藻井，对面便是这园子里的人吧，闺阁中的小姐，坐在阁楼上看戏、听曲、问松。

我们在那里待了一个下午，农民大哥为我们拍了照。我唱戏、落泪、感慨，不知是为古戏台，还是为古松，还是为我的心思——古寺、戏曲、松、好时光。它们融合在一起，裹紧了中年的我。

我与芳在临汾火锅店吃了火锅，她提议：“小禅，陪我去山西师大逛逛吧。”

夜来临了，我们去了山西师大，芳的青春、爱情全在师大。

我们摸黑进了学校，她忽然沉默。

我们默默走着，走到一幢楼的窗下，芳说：“东旺就在这间屋里，我总是来这儿找他，那时他得了一个全国大奖，然后学校给了这间屋子。”

东旺是芳的爱人，几年前去世了。芳眼里、心里的东旺是永远的东旺，一个地道的张家口坝上农民的儿子，因为贫穷和饥饿到了大同，然后一路考上中专、大专、大学，到山西师大任教、天津美院任教、清华美院任教。忻东旺是一个传奇，他们的爱情也是传奇，富家女爱上一贫如洗、大她十多岁的穷小子。他们相爱了十八年，十八年太短了，还没有爱够，老天嫌他们太相爱，收走了芳的爱人东旺。

芳平静地诉说：“这是我和东旺时常见面的地方。”“这是我住的女生楼。”我仿佛看见一群青春的女孩子从楼里跑出来，她们穿着连衣裙，梳着当年最流行的发式，我看见芳从四楼飘了下来，一脸的青春和喜悦，她的东旺正在楼下等她。

我没见过东旺老师，却仿佛见了很多次，在芳的描述中，他栩栩如生，从未离去。永恒的爱情不受生死和时光阻隔，你不在了爱情还在，我还在原地等你。

芳执意带我去操场，我们坐在操场月光下，她回忆当年，我仿佛也看见了自己的青春，在大学宿舍楼顶，吹着白被子间穿过的风，那时我长发及腰，那时我也爱穿红裙子。

我们从化学楼走出来，芳忽然在门口站住，她的声音温柔而羞涩：“小禅，也是这样的晚上，他忽然在这儿叫住了我，然后，第一次牵了我的手。”

我打了个激灵，仿佛有人洞悉了青春的秘密，总有那么一刻我们被爱情唤醒，这个刹那如此珍贵，如宝藏，等待多年后被开启、分享，也许会终生守口如瓶。青春会逝去，但爱情不会。

我们站在黑夜中，任凭秋意袭来，多好啊，我们在青春里那么热烈地爱过自己、爱人、青春，多好啊，回忆这么满，一片片都夹杂着我们曾经的如花似玉。

秋夜静如瓷，故人踏歌来。

我们在山西师大待到很晚，很晚。

和老友两个人有一句没一句地说着。越来越觉得经得起时光检验的文字没有保质期。时光越久越有光泽。不跟流行，不写『十万加』，不讨好读者。唯愿我的文字呈现出一种个人质地。坚持，并且一意孤行。

松，老松

我是中年之后才喜欢松树的，因为我发现我越活越像一棵松树。这个发现让我又惊喜、又荒凉，惊喜的是终于像一棵树了，荒凉的是居然像一棵松树，且是老松，是老人的心境了。不知道是什么磨损了我的精神内存，让我一下子就变得老练、从容、淡定、不惊，且抗风霜，且囚禁了所有莫名的欲望。

李白说“松柏本孤直，难为桃李颜”，这个孤直是孤独的。我见到的松多数在悬崖或寺庙里，孤零零，又倔强、又禅意、又孤冷，我怎么会在少年时忽略了它的美呢？少年时只顾喜欢那轻盈、怒放、空灵的花花朵朵，玉兰、樱花、茱萸、桃花……我不惜笔墨地歌颂过它们。

直到今天我才想到松，那潜伏在我灵魂 DNA 中的松，那么像我的松。我有些羞愧，这种羞愧让我觉得，我应该和松有一场隆重的灵魂相认。

于是我去了山西，山西有中国百分之七十五的古代建筑物，这些古代建筑物中，古寺又占了绝大部分。而这些古寺中共有的东西是——老松。也不多，就那么一棵两棵，多数时候就是一棵，站在千年古寺前，忠贞、孤独、空灵、冷艳、苍老，像颜真卿的字，像北魏时的魏碑，像一款百年的普洱茶。我凝视着它们，几近落泪，这是我的老松，这是我，在此站了千年，我们终于彼此相认。

松真孤独啊，又老又孤独，一个知己也没有，但它们大概也不需要。不需要倾诉，更不需要大众，它们在自己的光阴中，独享天地、日月、江河、星光。天地是它的同伴，星光是它的爱人，日月是它的友人。

冷峻的老松是佛前最好的微笑，它静看世界光阴如何斗转星移，它以最孤直的姿态，兀自倔强老去。那种冷寂苍劲，是人间最诗意的美学，以光洁、干净、峻朗的姿态让世人臣服。

松仿佛不食人间烟火的中年隐士，又仿佛古画中那个在大雪中吹箫饮茶之人，所有的孤独成为独特的味道和美感——我不与花花草草为伍，我一个人活成千年万年的绝代芳华。

在山西的古寺里，我与老松不是一见如故，是久别重逢。隐藏在心里面最深处的密码被开启。

从山西回来后，我一直记得那些老松。在老松树下喝茶、听风。正午的阳光吹得人要流泪，松针发出动人的声响，在风里簌簌作响。我摘了松果摆在茶席上，饮了老茶。

松成为我的同伴，知道我的枯萎、盛开、孤独，我瞬间苍老如松，甚至看起来的珠圆玉润都有了松的清冷之味。中年后才遇到松，这么晚才了解光阴和生活的秘密，纵使秋风无奈何。

山中老松也多，几个朋友已做了隐士，与山泉、明月、老松、鸟鸣为伴。我去山中住，往往坐于老松下听泉声。我早已不穿花红柳绿的衣服，那天翻出十年前在大学做讲座的照片，宝蓝配明黄，斩钉截铁地告诉世人我的不羁和怒放。那时的我大概是莲花、芍药或牡丹，都是这种壮丽硕大的花朵，唯恐别人不知的壮丽。

时至今日，我只想做一棵老松，长在古寺或深山中，独守着天地光阴。我连爱情都忘记了，爱情到底是小的深情和恩情，那天地苍穹才是更为广阔持久的深情。在深山古寺中，布衣素袍、素茶、素食、素人，与一切烈艳绝交，与一切复杂绝缘。

“已经没有时间对我不感兴趣的事情，再感兴趣。”不再做无谓的消耗，保持住最好的孤独和内心的清宁苍劲，删繁，再删；就简，再简，不磨损精神内核的热情和对艺术的狂热。天命是定数和命数，是不可为，是放弃，也是坚持，是沉默如钟，也是坚贞不渝。

去过很多次日本，去得最多的也是寺庙，特别是京都。雨天、雪天、枫树红了时，我都愿意在松树下发呆。所有的人和事，都是刹那，都是一期一会，松看见了这一切，无言的秘密，生出无限哀寂。松是隐士，隐藏在春风江河里，隐藏在无限江山中。

日本人大概是最喜欢松的，不只是寺庙，拐入寻常人家，也干干净净、孤孤单单地种着一棵松，又突兀又美寂。松的孤寂与洁净像无性的人，冷淡极了，一生只爱过一次，或根本没有爱过，孑然地保持了终身的孤寂和清冷，绝不热闹，绝不大众，以肃穆冷凝的姿态高贵了一生。

看到晚年的胡茵梦，短发，素袍，有平静的眼神。曾经绝世的容颜蜕变成静水流深的高洁饱满，她的人生大概就是她的修行，从一朵花到一棵松。

北京人潮汹涌的大街上，忽然看到一棵松，仿佛银鞍照白马，又仿佛事了拂衣去，万人如海一身藏，白首太玄经。

所有的盛大、悲哀、卿卿我我，所有的不堪、荣辱，皆在松间沉默。

在终南山的松林间，我赤着脚走在月光下，听着松间的风声，感觉有清泪落下，走着走着，走成一棵松了；活着活着，活成一棵老松了。

万事皆可忘，事了拂衣去，且听松涛声。

清晨品茶撸猫，

傍晚喝酒看花。

听雨悟禅，写字画画。

银鞍照白马，明月映老松。

伍 · 江山如画

每至黄昏，我便去散步了。什么也不带，连手机也不带，从前要带几个零花钱，现在也不了，多大个城呀，总能走得回来的。偶然会唱几句戏，唱给树和空气听；偶尔会小跑几步，少年时我跑得快，像风一样；多数时候沿着东环的河边走，我走得匀称而稳健，球鞋可以穿到老，走路可以走到老——如果有一个人能和你散步，并且两鬓飞雪还在一起散步，真是福报。

花青

花青，真像一个戏子的小名儿。

中国画的颜料处处动人，连名字都叫得这样可人心意，是从那汉代游出来的一条小鱼儿，颜色亦是端丽、大气、沉稳，浸在宣纸上，一片青。

用买来盛饺子醋的青花小碟子们盛了颜料——花青、胭脂、藤黄、三绿、钛白、朱砂……我是为了修身养性，抑或，是为着这些动听的名字开始学习国画与水墨。它们仿佛是我失散多年的爱人，一经召唤，纷纷来到我的宣纸上，或撒娇，或任性，或甜腻，或冷艳地铺陈开来，多么亲！

这些颜料似情人，又似兄弟姐妹，糅合在一起、渗透在一起。而那花青是一个中性的人儿，亦男亦女。胭脂是俏姑娘、朱砂是历经了沧桑的女人、赭石是老男人，自有它的江湖。但花青是可男可女的角色，分不出性别，但那么好，又飒飒又弥弥，一眼望过去，看不透，恰是那看不透，最让人迷恋。

习画的下午，我把颜料调开，白盘子中有胭脂与花青，收音机中放着董湘昆的京东大鼓，说的全是人世间的家长里短。有时会放一段儿程砚秋的《荒山泪》，少年时只喜欢那快意的行云流水，如今更中意这散悠悠的二黄慢板。一唱三叹之间，人已醉，心已碎，却又不知如何醉的，如何碎的。

日头慢慢沉下来，炉子上煲的汤溢出了香味——猪棒骨、枸杞、莲子、薏米、白萝卜、红枣……姑姑告诉我挑白萝卜要挑个头小的，甜，如果萝卜是苦的，一锅汤就毁掉了。

我年少时爱喝那刺激的碳酸饮料——七喜、可乐、雪碧……每次吃饭要喝很多。

现在爱喝亲手煲的浓汤，几个小时煲下去，画画、写字、听戏，一个人看花开、收拾房间、整理书籍。日子是快的，又是慢的，昨天我还是骑着自行车去采芍药花的少年，现在也曾对镜拔白发，我已是中年。

日子像那沉稳大气的花青，落在纸上，有不动声色的样子，不为让人惊心，只为让人不忘。

我少年时喜欢一个人，总骑着单车跟在他身后。一次大雨，我仍然骑车追人家，单车倒在雨中，眼镜碎了，扎到右眼角，眼角流血，去小镇医院匆忙缝了三针。十七岁的少年，忍着疼痛没有落泪，多年后仍留下月牙形的疤。尹俊说可去整形医院修复，H 不让去，H 说眼角下有疤的人有福气。

那月牙形的疤，便是我的花青。

我坐在画前，在染得五颜六色的毡子前写下这些，天黑下来，程砚秋的声音充满了整个房间。

去散步，见湖边大杨树在秋风中有姿态地站着，满树叶子愉快歌唱，庆祝早秋。两棵大法桐像经历了风雨的痴心爱人，望着北方赞叹。猫也太精了，两个小生灵感知季节的变化，昨晚都上了床睡觉，一个在我枕边，一个在我脚边。整个夏天它们都是在地上和窗边的，大概也知道秋天来了。

中年说杜甫

杜甫真好，说这话有点晚了，因为人至中年了。但也不晚，因为终于知道了杜甫的好。

少年读“尔曹身与名俱灭，不废江河万古流”，觉得天地都无情，也不理解江河万古和身心俱焚；又读“感时花溅泪，恨别鸟惊心”，对没有分别过的少年，如何恨别？又如何惊心？

我只当小鸟轻轻飞过，并无波澜，因为也看不到花溅泪——我少时去和小伙伴偷芍药，车骑得飞快，芍药花很快在单车的车筐里蔫掉了，一点儿也不疼惜。

我只爱那疯狂正午的私奔和蝉鸣，一如爱我放纵不羁的少年。我连少年悲愁的滋味也没有，老师让背杜甫，只觉这个老头儿好凄苦，一副愁眉的样子，国破家亡衣衫烂，举目无亲。

“安史之乱”只是书中的四个字，我们不知如何天摇地动，更不知它几近是一个朝代的节点，从此急转直下，再无盛唐。

直至中年，昏黄灯下，雨落黄昏，一个人展卷，忽然读到“所向无空阔，真堪托死生”。心中翻滚，再不能平静，索性一个人去园子里散步。

盛夏的黄昏有一种将散未散的别情。流浪猫在花下发呆，孤独的眼神没着没落。白色的木槿花真好看，花期长，整整开了一个月了。石榴、枣树、山楂都结了果，茂盛的萱草仿佛在等待一场暴雨，珍珠梅开得有些败了，睡莲却正疯狂，一副清心寡欲的样子。

我总爱独自一人坐在凉亭里发呆，轻轻唱着："一霎时把前情俱已昧尽……"

人至中年，俱已昧尽啊。黄昏兀自黄昏着，我们兀自着渺目烟视的光阴。

我少时喜欢着李白的放浪，有奔流到海不复回的豪情，还有与尔同销万古愁的壮怀，即便不得意了，他也会安慰自己："长风破浪会有时，直挂云帆济沧海。"他笔下的五陵年少和白马春风，是唐诗中的早晨，一切蒸蒸日上。他用的词都壮阔，都是和宇宙江河对话，"燕山雪花大如席""千金散尽还复来""黄河之水天上来""人生得意须尽欢""飞流直下三千尺""仰天大笑出门去"……

他什么也不管，他只管活得放纵肆意，他只管寄愁心与明月，然后邀月饮酒和花对诗。他不见古人只见自己，他和时间平行着飞翔。李白的诗中没有别人，只有他自己和天地光阴任性，他是早晨八九点钟的太阳，照得我们一身光芒。

白居易的诗是中午，有了儿女情长，无论《琵琶行》，还是《长恨歌》，都能感受到人的温度和爱情的光泽。他在凡间，叹息同是天涯沦落人，祝愿在地愿为连理枝。他又写老来多健忘，唯不忘相思。他的诗里，是可亲可怀的人在走动——我们也热恋、也缠绵，也曾七月七日长生殿。我们感同身受，我在二十岁到四十岁时最爱白居易。

终于，到杜甫。天已黄昏，人已中年。

一个人在“春秋亭”唱《一霎时》，眼中无泪，心里有泪，便纵有千言万语，更与何人说？且不说，一个人亭中看雨、抽烟，不尽思绪滚滚来——我也曾“感时花溅泪”，在机场与人分别，转身刹那“恨别鸟惊心”，再也见不到了，永别了。也曾斯人独憔悴，一人在三月春花中、万籁俱寂里泣不成声。甚至读到“城春草木深”都会掩面，无边落木在心中萧萧而下。

聚散离别多了，甚至经历了至亲至爱的生死，甚至时代里的坎坎坷坷，一转身看到杜甫，他在那里，一身悲悯和慈心等着你，心里遍布荆棘，却给人花开见佛的明示——他赶上了“安史之乱”，国破的山河，流离失所，再读“三吏”“三别”，心中俱是惊恐与不安——在不安的年代，谁能保身？杜甫如何？在逃难途中忍饥挨饿，闻官军收复了河南河北写下“漫卷诗书喜欲狂”，喜欲狂啊，谁能记得我初闻涕泪满衣裳？

去年秋天，我坐在杜甫草堂中饮茶，看着黄叶悠然飘下，不知道一千多年前的杜工部是怎样的心情？他赶上了一个乱世，那是他的命，他还有一颗赤子之心，那也是他的命。

“莫自使眼枯，收汝泪纵横。眼枯即见骨，天地终无情。”一个没有经历生离死别的人，怎能读后动容？怎能掩面而泣？生离死别是人生大别，从此以后，再也见不到了，再也看不到了，只能靠回忆打发光阴，埋葬时间。

春闺梦里人又如何？我想摸一下你的发，我想做一碗面给你吃——但，天地真无情，光阴真无情，我一人且唱一霎时，时光里的碎片扎疼了我，中年遇到了少时不喜欢的杜甫，“明日隔山岳”，而“世事两茫茫”——我是再也见不到你了。

我哪知人生易老，却分明易老。白发初生，表妹买来韩国染发剂，我笑着说满头白发更性感（人生第一次，写到这儿泣不成声了）。

少年时的好友彩虹来电话，说儿子要结婚，让我去给当证婚人。那天我在台上，看到新郎和新娘一脸甜蜜地站在我面前，看着台下有了白发、一脸笑意的好友，脱口而出杜甫的诗句：昔别君未婚，儿女忽成行。

少女时代我们去大堤上采野花，照相。那时还没有手机，一个胶卷三十六块钱，我们小心翼翼地照着，生怕浪费了一张胶卷。

而此时我的手机里有一万多张随便拍的照片，还有美图秀秀、美颜相机……可把快五十多岁的人变成少女、可随意删除，但再也没有当年的珍贵。

同学聚会，一帮中年人。或者有人当了爷爷奶奶，张嘴便是孙子孙女；或者只提少年的交集；也有同学去世早，大家说他如果活着该多大了……

他有一天喝醉了酒，说："儿子领了结婚证，我觉得自己老了，等老了我们一起去养老院吧。"语气中是对光阴的无奈和绝望。

"人生不相见，动如参与商。今夕复何夕，共此灯烛光……夜雨翦春韭，新炊间黄粱。主称会面难，一举累十觞。十觞亦不醉，感子故意长。明日隔山岳，世事两茫茫。"

人到中年，谁读到这样的诗不感慨？你的少年已随时光飘走；你的少年已经成为别人的少年；你的发鬓已霜；你想念老朋友，每饮必醉，还念念不忘，思之如狂。

丁酉春，我在成都，晓看红湿处，花重锦官城，又在杜甫草堂看到千朵万朵压枝低，这是杜甫的好，经历了万千坎坷、国破家亡，还在赤子之心里开出一朵又一朵小花。

他是随风潜入夜，他是润物细无声。他是我中年遇到的杜甫，不早一步，不晚一步，恰恰好地熨烫了所有时光的褶皱。

我等着锦江春色来天地，我等着花开时节又逢君。

最舒服的关系是一种气场：我和你在一起放松、不焦虑，像空气、像鱼在水里、像老松在禅寺，妥帖而自在。我穿着拖鞋，没有洗脸，就这样站在花树下等你，你提了我爱吃的葱花饼，我们狼吞虎咽。亲情、爱情、友情都一样，在一个人面前放松，不激发焦虑、担心和不舒服，就是最合适的。

冷瘦侘寂的八大

在八大故居听雨的时候，我是有些恍惚的，但十一月底的南昌也阴冷，雨从早晨开始下，我撑了一把伞来看八大。

这简直是上天注定的雨天，冬雨。也恰巧是我独自一人，来赴一场约会似的。八大是孤独绝凉的，是冷瘦侘寂的，世人皆知他，然又有几人真知他？

院子里香樟树和桂树极多，特别是香樟，几百年了，朴拙地活着。阴雨天，八大站在院子里，眼神是瘦的，精神也是瘦的。我站在桂树下发呆，想他当年如何悲苦卓绝，每一张画都有放纵、不甘、恨意，都有触目惊心的孤独。孤独是有体积、有重量、有面目的，越是一个人，越张牙舞爪地来了，成群结队地来了，它们欺负八大呀。

恰逢明末，昔日的王孙贵族流落街头去为妻儿乞讨，再一回头，已是永别，妻儿再也不见。他隐于古寺，遁了空门，写诗、画画，静听光阴一路残杀过来，笔下的孤独绽放蔓延，那些鱼、鹰、鹿、孔雀全翻了白眼看世间，那些莲花全失心疯了，不要命地开着。这荒沙遍野的孤寂如死灰沉沉，简素、老朽、幽暗、冷瘦、节制……但那是八大的黄金时代。于艺术而言，愈是孤独、愈是绽放，那种孤绝似冷刃出鞘，有闪着寒光的美，一时间，惊艳了那个欲倾的时代。

在新馆里，我看到八大的真迹，真想落泪。那荷残得风骨飒飒，墨也疯了，泼得啊，到处都是了。我连叹真是好，看画的保安伸过头来："我天天看着它，说价值一个多亿，实在看不出好在哪里……"他揣起手，直摇头。我在那画前像个孩子，硬生生地不知所措，只想他活过来，让我当书童也好，看他画画、孤独、发呆……

更喜欢那旧馆，前后两进的四合院。四面有廊，中间的池子里有水、有花，还有一棵高大的柏树。我不确定它是否是柏树，但葱绿极了，那么好的嫩绿，春天似的。屋檐上有灰色的瓦，雨很大，流水声萧瑟动人。也恰好只有我一个人，陪着八大在听雨。

雨声淅沥，我录了一段视频发给朋友，告诉他："这是八大院子里的雨，他的魂儿也在，在屋子里画画呢！"朋友那里是北方，正刮风下雪，听了雨声说："仿佛一屋子的湿气呢，可真好。"

我就在那老院子里听雨，没有芭蕉，但有一种孤绝和动人，直指人心，看似薄情，实则深情，恰到好处的孤独与深情，绝不温暖，但足以心仪。

我在游廊里走着，听着雨声。冬天的雨声似金属，一声声极饱满，我舍不得放弃每一声落雨的动人与美妙。这是我与八大共处的时间，他的孤独，我的孤独，一切恰如其分的好。这雨声里的蔓延，这整个上午的销魂。

齐白石、吴昌硕……他们都学八大，但学得不好，八大不仅有孤绝，八大还有一脉天真。这一脉天真并不是每个人都可以学去，那是历经了国破家亡、妻离子散后的苍老天真，那是最清澈、最干净的微笑，那是只有八大才有的荒凉的真意。

那一水濯寒瘦枯的山水，是八大心中的风景了，不至中年，哪里能对这样的山水动容？人生得意时要在牡丹花前笑，要指点江山、写诗作赋呢，心里哪里会有这些寒山瘦水？那个一生都在大雪纷飞中行走的人，就是八大。

有时候我一个人听戏，听裴艳玲唱《夜奔》，会想起八大来，他一个人在夜奔，那是孤鹤与残雪。他拄着拐杖，一个人走啊走，一直走到八十岁，历经劫难的人往往都长寿。八大早已把挫折与伤害做成花朵别在自己衣襟上了，并且知道如何自己给自己取暖，露出干净温暖深情的微笑。越是受过伤害的人，越是渴望温暖，并且能露出最温暖、最深情的笑容。

可惜我那么晚才开始看八大、读八大。年少时，一路只觉繁花似锦，看那牡丹盛开，花团之外的白衣老人一闪而过，我从未留意他的孤独。

直到中年，孤独亦那么隆重地袭来，我扑到八大画前，内心的烈火被熄灭，但分明不动声色中俱是暗流涌动，遇见的总会遇见，就像我刻意选择冬天、雨天来与他叙旧。

八大是我的故交，王祥夫老师肯定也来过，他坐在这里抽了一袋烟，我坐在这里听了一上午的雨。雨真好听，听一上午也不烦，雨也没有要停的意思，有些湿润，但恰恰好映衬那份寂寥。真正孤绝的人都寂寥，随时随地，不分季节。

“那个疯僧人……”有人管他叫疯子。他自己立于悬崖边上唱歌，中国画都是心迹画，每张画都是画自己，稍微一用力，便是晴天响雷一样的孤独。

我在南昌一个叫“无相壶”的地方喝了很多的茶：“八八青”“九九绿大树”“八三八二”……也正好在下雨，这些老茶厚道、醇正、绵长，那时我特别想叫一个人来与我一起喝申时茶，这个人，只能是八大山人。

我也喜欢他另外的名字：雪个、个山、道朗，特别是雪个。那些印章也真是美得料峭，朱文、白文，都好得逼仄。

我就这样在八大的故居里听雨，听了一个上午，没有听够。我约了他再来听，雨前摆一壶陈年普洱，挂杯是“西瓜香”，我们一起看着扑面的雨发呆，不说一语，一言不发。

有雨时分，雨声突然就增加了几分孤寂和芬芳，好像是雨声情投意合，连想念的速度都慢了下来。就这样轻轻地合着它的拍，一下，又一下，打击得全是人最内心的柔软，不知今夕是何夕了。

他是繁花，亦是少年

决定写张岱的时候，是乙未年除夕。

一家人包饺子、看春晚，外面的烟火不停绽放着，对面汉庭和格林豪泰酒店几乎没了住客，所有热烈的气氛里，都有难以说清的幻灭感，过了今夜便又归于平静。但张岱喜欢热闹，繁花与少年，绚烂与泯灭，他怎么可能不喜欢除夕。第二天的鞭炮碎屑红得像火，在雪中看上去有惊人的美。张岱是喜繁华、爱热闹的人，他的一生都在凑一个大热闹，这大热闹散去后，凉月笛声里也只剩下他，但他又迷恋这过分的孤独。

中国文人大抵如此，写来写去，总有一个人最像自己，或者，你最像他。这是个人气韵和文字的 DNA。

我愈到盛年，愈觉得个人性情像一个人，这个人就是张岱。

苏轼活得够张扬了，但和张岱比，仍显拘谨。唐寅在民间传说中风流自在，但真实生活中一直渴望做官，骨子里还是一把俗骨。颜真卿太正气，李白太豪放，杜甫太凄苦……陶渊明适合隐居，他过不了热烈的日子，不知道纤手破开新橙的好；我倒也欣赏倪云林的干净雅致，但是没了烟火气；至于徐渭，人格极致地分裂，连妻都敢杀的人，如何有那人世间的大情致呢？

想来想去，也只有张岱了，章诒和先生说如果生在明朝就嫁给张岱，我嘴上虽没这样说，心里也是这样想的，不能嫁给他，做他的红颜知己也是好的。

“极爱繁华，好精舍，好美婢，好娈童，好鲜衣，好美食，好骏马，好华灯，好烟火，好梨园，好鼓吹，好古董，好花鸟。”这是张岱的《自为墓志铭》，也是我看到的最为精彩的墓志铭。这样的人，一生活了别人的九生，更多的人一生悟不到性情之味，在乏味庸俗中便过了一辈子。

我少时便喜热烈，又喜清幽。挤在文化馆中看人唱老戏，元宵队伍中有高跷、河北梆子、小车会……那庸俗的五颜六色和花红柳绿都是世俗的温度。又一个人去城墙上看月亮，疯了的老人披散着头发在城墙上吹埙。

这样的场景像电影，我翻看《陶庵梦忆》与《夜航船》，知道张岱的“金山夜戏”。他路过镇江，看此夜阑珊正好：“江涛吞吐，露气吸之，噀天为白，余大惊喜。”他唱的什么戏？不知道，但那天月光是知道的。

锣鼓喧哗之后，是人散后，一钩新月天如水。行至金山唱了大戏，张岱有惊天动地的满足，他要的就是这个满足。

我亦喜唱戏，每遇戏台便情不自禁，在扬州的水上戏台唱过戏，在绍兴的戏台上也唱过戏，还有泰州梅园的后花园中……还有很多乡村戏台。不过是一时兴起，欢喜罢了，哪里有个什么由头呢？大多亦是我一人，生出了欢喜心，索性票上一段，想必张岱也是如此。

那是崇祯二年。

崇祯五年，张岱又往湖心亭看雪。

那一年，他住西湖，见天下雪，天与云、与山、与水，上下一白。他坐一小舟去往西湖的湖心亭，看雪。

当代作家叶兆言说起张岱："真是好得不能再好。"寥寥一百五十字，在节制中放纵到极点。他自己说自己文字："笔笔存孤、勾留之巧、穿度之奇、呼应之灵、顿挫之妙。"那时他是纨绔子弟，五花马千金裘，有眼波流转的丫鬟，有鲜衣怒马的书童。他每日把玩古董、唱梨园戏、品兰雪茶。

张岱四十九岁这年，清兵破扬州，屠城。好友皆自尽或出家，张岱流离失所。当时他一家十八九口人，三餐尚两粥，寒暑一破衣，捉襟见肘。

在《陶庵梦忆》中，他写道："陶庵国破家亡，无可归止，披发入山，駴駴为野人。"

从纨绔子弟到"野人"披发入山，从繁华如梦到山河破碎，张岱提前预演了《红楼梦》中的贾宝玉。百年后，有了《红楼梦》，有了贾宝玉。几十年后，衣衫褴褛的张岱再游西湖，再到湖心亭看雪，我都想替他哭一场。国破了，家亡了，西湖还是那个西湖，当年儒雅风流的佳公子成了破衣烂衫、无家可归的老人。

这一生，他有书画癖，有蹴鞠癖，有鬼戏癖，有梨园癖。

他说："人无癖不可交，无真气不可交。"有时与老友老卢说起张岱，两个人喝醉了跑去看戏，或者看酒桌上有不喜之人，提包转身即走。又喜张岱、张伯驹、苏轼、沈从文、汪曾祺……看透了繁华靡丽，却又表里俱澄澈。

老卢有一次喝多了说："再找我这么好玩的人不易了，珍惜吧。"

我说那是。

张灯烟火、庙会香市、欢荷赏月、花卉茶道、古玩器皿……这世间，没有我不欢喜的事情。我把家布置成了坛坛罐罐、花花草草的道场，每天早晨，唱着老戏泡一壶小禅茶（张岱的茶叫“兰雪茶”），然后擦拭从全国各地淘来的坛子，还有世界各地淘来的器皿。更得意时，研墨画画，以养闲心。

若生在明代，我愿和张岱去湖心亭看雪，去金山唱夜戏，一起泡兰雪茶，然后去看不下三万册的藏书，那些孤本古籍会让我多么着迷啊。有一年去宁波天一阁，我痴迷于主人的藏书，但他也未必有张岱之性情。

再然后，我愿随张岱去访友。来，看一下他的好友名单：沈周、文徵明、董其昌、李流芳……沈周比张岱儒雅，但不如他性情；文徵明、董其昌比张岱官高，但不如他洒脱。张岱在亭台楼榭、花鸟鱼虫、文房四宝、书画丝竹中临帖、抚琴、焚香、负暄、赏雪、听雨、望云、静坐。

如果我生在那个朝代，我身边这个人，只能是张岱。

鲜花着锦，烈火烹油，这是张岱；无限的繁华，又无限的凄凉，这也是张岱。他似繁花，更多的时候，他是自己的少年，在梨园中歌舞，江上数峰青，数着数着他就老了。老的那一年，他八十二岁。

一辈子能活张岱的十分之一，便是丰沛的一生。

他演绎了梦一样的生活，早早预知什么叫虚度好时光。那时候没有照片，我无法想象张岱的样子，但在我心里，他必须是一个翩翩的美少年。

这样的人，怎么可能不美呢？他身着一袭白色长衫，站在西湖的梅树下，玉树临风。

哦，我不嫌他有美姬妻妾，甚至还愿与他一起与梨园伶人唱戏。

张岱，他活得没有年龄没有性别，见天地、见光阴、见自己，几百年了，传说不减，唯叫真性情人仰叹不已。

是夜，梦到张岱。在华丽庭院中，骏马在散步，丫鬟托着汝窑的杯子。樱花开着，我与张岱泡了一壶老茶，一边喝，一边唱戏。他眼波流转，我亦眼波流转。我们收藏的古画和旧物散发出迷人的香气，一只黑猫卧在我们脚下，茶喝了一道又喝了一道，我与张岱的白衣上有了日暮的光影。

月亮升上来了，烟火在初蓝的夜空下绽放着。

张岱站在我身后，轻轻唤我，说："你看，你看呢。"

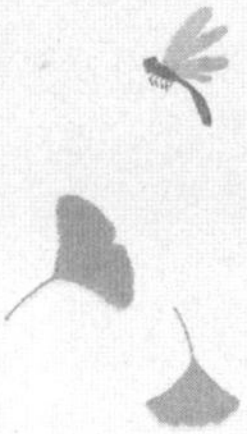

谁不是把往事慢慢煮，然后酸甜苦辣独吞下去，更与何人说？谁不是和光阴边撕扯边和谈，然后表面不动声色，内心翻江倒海，叫人如何说？渐渐平静，渐渐在山高水远的生活里，活成自己的宗教。

一个人的江——黄公望

我很早很早就想写黄公望，写他的《富春山居图》，写那条他的江——富春江。但迟迟没有动手，及至很多读者问起，你写了王维、八大、徐渭、倪瓒……为什么单单不写黄公望？我答不出。我去过台北故宫博物院两次，无缘见到《富春山居图》的《无用师卷》，却能感受到它在。这张画的情绪一直蔓延着，近千年不散。

有一天夜里，我梦到前世，我居然是一个童子，跟在一个老者身边占卜。我们周游江海，我们云游四方，我们在一条江的四周吟唱、占卜，道途自在。老者不让我问他的名字，我更不知道那条江，但有一天我们遇到一个和尚，和尚叫无用，他唤老者“黄公望”，然后指着那条江，“小禅，那是黄公望的富春江”。

这个梦让我惊喜了很久很久。如果真有前世，我愿意做这个童子，跟在黄公望身边去流浪、占卜，用易经点破人的一生。

那条江真的是黄公望的江：一叶舟轻，双桨鸿惊……霜溪冷，月溪明……但远山长，云山乱，晓山青。这是苏轼的词，好像是在写那条江，但更多的仿佛是在写黄公望。

黄公望的一生是个传奇，他本姓陆，幼年父母双亡，几岁的时候被一个姓黄的老先生要去，那时黄先生已经九十多岁，算老来得子。我一直奇怪，为什么九十多岁了才想起要一个儿子？在元代，九十多岁是如此高寿。

黄公望十二岁参加少年科考，可谓洋洋得意，四十六岁有牢狱之灾，五十岁出来后，入“松雪堂”学画。松雪堂，乃赵孟頫之斋号，黄公望的画，得了赵孟頫的真味：禅意、空旷、寂寥、孤独……但还是怀着心里那舍不去的喜悦。

再然后，黄公望开始用易经占卜，与僧人无用师游荡在富春江周围，一个五十岁才开始学画的人，因为天分，在隐居漂泊的三十年，过了一段我无法想象也无法企及的生涯。这三十年其实是黄公望人生中最有趣味的三十年，以为结束的人生却开启了丰沛的精神旅程。试想一个人整日游荡于山水和街头巷陌，信奉道教，又研习易经，在占卜的过程中早已将光阴也提前看透了。更有意思的是，黄公望号“大痴”，身边跟随的僧人叫“无用”，两个名字都有天意。

“醒时同交欢，醉后各分散。永结无情游，相期邈云汉。”黄公望与无用师结了无情游。八十岁，黄公望开始画《富春山居图》，无用跟在他身边说：“要给我！”黄公望：“一个出家人，叫无用，还求这些东西……”但到底给了他，三年后画完，写明了给无用师。

无用白白叫了无用，心里装的还是“有用”。这张画断断续续画了三年，我很是欣赏这断续的三年，画累了就去玩了，去山水间占卜光阴，不为这张画所累，画画不也是玩吗？没有必要咳了血还画，生生死死还画，这是我更为欣赏黄公望的地方。

画完那年，是庚寅年。

每逢庚寅年，这张画就要出事了。明代大画家沈周得到又失去它是庚寅年，吴洪裕想烧掉陪葬是庚寅年，乾隆皇帝找到真迹是庚寅年。庚寅年是这张画的劫数，是江河、光阴、定数、盛年、怒放，是见证它成为奇迹的年份。直到二〇一一年，《无用师卷》和《剩山图》山水合璧，一张被烧成了两段的《富春山居图》在几百年后终于见了面。

我一直在想二〇一一年我在干什么，哦，我在焦灼中，在乱石飞雨中，在张皇失措中……但又在风雨湖中借了伞，渡了舟船，慢慢地自渡彼岸。人生纵然有年华绽放的盛年，一定也有不得意的衰年，所有的荼蘼、消耗、损伤、因缘，不过是人生江上的一道风景，没有它们，怎能显得那风和日丽和静空灿烂的好呢？

黄公望画的是画，更是交响乐，是一出戏、一场电影、一段生命旅程、一条江水的四季、一个人的一生……他画的是生命洪荒中的哲学。多少年后与黄公望遇见、照见，是见天地、见光阴、见自己，一时间不能自已，潸然泪下。

这是两个懂得生命的人的相遇，是仁慈，更是成全；是懂得，更是照见。我愿来生，跟随黄公望浪迹天涯，游荡于富春江，占卜、周游，亦喜亦悲亦禅，活到寿终正寝，活到行至水穷处，坐看云起时。

想想一生中的时光，无非是起起伏伏，浅滩、河流、高峰、低谷，正是《富春山居图》中的一段段风景，看似平静的风景中暗含急流，而险峻中又蕴含着时光的玄机。说到底每个人都是时光的过客，在消耗中等待死亡，或早或晚，只不过这个消耗的过程每个人都不一样。黄公望走了吗？当然走了。但他还在，他的情结、命数、艺术全在这张画里，这张画是黄公望啊，既是他的江，也是他的人。

那些丘陵起伏是他、峰回路转是他、远意苍茫是他、渔舟出没是他，那些千秋万壑、层峦叠嶂也是他，那质地柔软的烟雾是人生的丝缎吗？那浓浓淡淡的远山是一个人的禅意吗？

《富春山居图》的出现，必定就是传奇。黄公望用自己的心和生命哲学预言了它的命运：一路坎坷，巧取豪夺。

果然，有多少人看过《富春山居图》，得到过《富春山居图》，总有上百人，最后却化成了云烟，刹那可以顿悟一切。人生不过都是过客，何况一张画？但富春江还在，那个叫黄公望的人，还让人心心念念。艺术让锈了腐了的人可以栩栩如生，斯人已去，但艺术的芬芳、永恒之气，荡漾环绕，永不停歇。

一三五〇年，黄公望以八十一岁高龄完成此画，将自己一生置于画上，也把自己的炉火纯青和人书俱老画在了这张画中，随后，赠予相伴多年的僧人无用师。

画卷是六接纸本，展卷，是峰峦叠嶂、小桥流水、渔舟唱晚、沙汀平岸、村舍亭台，这些风物组合在一起，有了说不清的属性和味道。这是一三五〇年的元朝，一个被统治了九十多年的压抑朝代，由元入明，这张画去了哪里？没有人知道。洪武、永乐、宣统年间，它在哪里？不知道。历史真有趣，真好玩啊，你知道的往往是真相的万分之一，是无意之间泄露的，而最真的历史，早已被掩埋。这张画在那段时间去了哪里，谁知道？拥有它的人发生了怎样的故事和事故，不知道。

直到明成化年间，我们知晓的吴门四家之首沈周找到了它，并且置于案头日日惊喜观摩。以沈周的财力、才气拥有它是多么恰当。有时候我默默看沈周的画，能看出一身贵气来，愈到中年愈是喜欢沈周的画，图的就是个花开富贵吧。但沈周没有留住它，他去找人给画写个题跋，那人是故交，也是诗人。拿去后多日不还，一问再问，才知是诗人儿子拿去卖了。

我无法想象沈周当时的心情。有一年，我丢了自己的处女作样刊，再也找不到了，我茫然地翻箱倒柜，都没有，那种茫然绝望的情绪几个月都不散，想必沈周也是一样吧？后来，一四八七年秋天，沈周又在一个画廊中发现了被转卖多次的《富春山居图》，他心跳啊，着急啊，他叮嘱画廊给自己看住这张画，然后回家取钱，当他取回钱时，画被卖掉了，一个人出更高的价买走了这张画。沈周的情绪一定跌到了谷底，他是怎样晃悠着回家的呢？苏州的那些小桥流水大概也构不成吸引了，他当天晚饭吃了没有，还是借酒消愁了。写到这儿，我都心疼沈周了，恨不得替他抢回这张画。

但那张画的一草、一木、一山、一丘是刻在沈周心中的，他居然靠着自己的记忆"背临"了这张画！是的，背临。像失去了自己的恋人，于是用时光中的每段回忆想念它，每段情绪想念它。这是我们私奔过的站台，这是我们初吻的地方，这是你爱抽的烟，这是那个我们怄过气的机场……沈周凭着对这个"恋人"的记忆，一笔笔画出了它的情绪、气场、呼吸和山水间的缠绵，他甚至记得每棵草的态度，甚至记得每段山峦的呼吸。这是肝肠寸断的背临啊，用所能记起的一切回忆那曾经肌肤之亲的恋人。于沈周而言，《富春山居图》不仅仅是一张画了，更多时候，是一种精神，是情人、故交。

沈周背临的那张《富春山居图》，现在在故宫博物院。沈周不在了，画还在，那背临时的绝望和怀念还在。

这恰是艺术的魅力，将艺术家永远放在刀尖上跳舞，一边忍受着巨大的疼痛，一边享受着任何东西给不了的快感。甚至友情，甚至爱情，甚至亲情。斯人去了，艺术以它的光芒照耀着每个懂它的人，重新被唤醒、照见，然后泪流满面，然后以臣服的姿态与它成为知己、情人。感谢艺术。

一切皆是定数与天意，沈周两次错失《富春山居图》，于是写下："即其思之不忘，乃以意貌之，物远失真，临纸惘然。"但这张画越飘越远，终于永远离开了他的视线。当它辗转来到明末大画家董其昌手中时，连我也以为他会存一生，以董其昌的身份、地位、财富，收藏它不是问题。巧的是，三十一年后，沈周背临的《富春山居图》也到了董其昌手里。

晚年，七十三岁的董其昌对照两卷《富春山居图》，画下《仿大痴富春大岭图》，但他命中不该有此画。晚年他自己和儿子的德行惹恼众乡里，惨遭屠烧，一夜之间全部家财被烧毁，遭遇灭顶之灾的董其昌把《富春山居图》抵押给收藏家吴正志，说有了钱就赎回，却再也没能收回，难以说清是不是这张画带给他的灭顶之灾？

吴正志的儿子吴洪裕继承了这张画，从此谱写了另一段传奇。吴洪裕把它视作命、恋人、亲人，终生未娶，每日抱着它入眠，以室藏之，唤“富春轩”。一六五〇年，吴洪裕弥留之际，告诉自己侄子一个斩钉截铁的字：烧！之前智永法师的千字文已经化为灰烬，当《富春山居图》被投烧焚毁时，那些山峦、树木、河流、茅屋都发出了痛苦的号叫。吴洪裕闭上了眼睛，在他们看来，最美好的东西就应该毁灭，就像日本僧人烧了金阁寺，李世民让《兰亭序》殉葬。

后来，侄子将画从火中抢了出来，可惜已经烧成两截——这就是《无用师卷》和《剩山图》。侄子吴子文把烧焦的部分重新拼接，《剩山图》一尺五，正好一山一水一丘一壑，《无用师卷》五米多，侄子把位于末首的董其昌题跋放在了前面。

从此，《富春山居图》身首异处。这一年，又是庚寅年。

多少年后的乾隆年间的庚寅年，乾隆收了一张假的《富春山居图》，大臣们皆奉迎是真迹，第二年真迹出现，躲过乾隆的无数题跋赠诗。

其间又经无数人转手的《剩山图》，最终落到大画家、收藏家吴湖帆的手中，最终在二十世纪五十年代，以五千元高价卖给浙江省博物馆。

此画问世近七百年，身首异处三百六十年。二〇一一年六月，在台北，一幅完整的《富春山居图》终于山水合璧。这是历经六百多年沧桑的一幅画作的命运。

“画犹如此，人何以堪？”

写《富春山居图》和黄公望的这天，是丽日晴空的春天午后，我一个人泡了凤凰单枞，又泡了老白茶，听着余叔岩的《鱼肠剑》，一边写一边慨叹：自是人生长恨，水长东。

如果有前世，我愿跟随黄公望先生，游荡于富春江，占卜、聊天、游历……这样的一生，丰沛、饱满、生动，可抵别人八生尘梦。

池艺给我留言：“姐，希望有一天你老时，握笔而逝，无疾而终。”我把这句话写到此文中，立此为证。

重重似画，曲曲如屏，今古皆空名。

但仍闻得七百年来远山长、云山乱、晓山青。又想七百年后又有人看到我写黄公望，这条一个人的江，写我的凝视，我的绝望，还有我内心的蓬勃、较量、平静中的光芒……

写完这篇，我如释重负，一个人下楼，在阳光下走走。北国春意晚，还有积雪，但是已经有树发芽，蜡梅也开了。我边走边想，如果此时遇见一个人多好，这个人如果恰好叫黄公望，我们就一起去富春江两岸走走，看看春色中的富春江，多好。

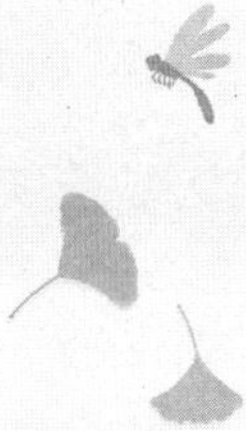

猫还在睡，我在煮茶画画听戏，锅里熬的绿豆汤，外面的蝉声四起。小美好大自在，你知道的，所有的光阴都是独一无二的，值得被珍惜和记得。

生活帖

翻看一些书法帖，总是会暗自偷笑，我们以为的惊天动地的书法作品，传世几百年，盖满收藏章的书法帖，原来是烟火生活的小便条。

像现在的微信。

夜雨剪春韭的《韭花帖》，本是杨凝式写给友人的小便条，不过是午睡醒来觉得肚子饿了，忽然发现韭花，食之，香之又香。看此帖，会发现生活之妙，书法之美。那书法，哪里是隔着天上人间不着痕迹的物质，却原来，本是与我们丝丝相连又环环入扣的生活之味。

帖，多么生动、短小、精致，带着随便的味道与气息。古人的帖与生活，是脚踏实地的温暖与踏实，是日常，是烟火，是肚子痛时的一种感受，是赠送三百个橘子的一张便条。

帖之生活，真实、生动、不神秘，却带着一种天生的欢喜之气。

王羲之《丧乱帖》《姨母帖》《平安帖》《何如帖》《奉橘帖》，流畅自在，并无神秘感。《何如帖》，不知你近来身体如何？“何如”二字潇洒自在。他又说，迟复奉告，回信为何迟了？是因为羲之“中冷无赖”。多么好玩呀，大书法家王羲之，觉得人生是虚无的，是没有热情的，中冷呀，无聊呀。他的一生，是这样俗气而烟火，生病了，无赖了，奔丧了，与我们的生活，并无二致。他的《兰亭序》，千古佳名，隔着多少年仍然这样弥香。可是这不过是一帮文人墨客的雅集，王羲之醉了酒，借着酒力的微醺，在一种迷幻状态下写就《兰亭序》。上面有涂有抹，因了这涂抹，而兴趣盎然。千古大美，就是随意和一念之间。

据说王羲之曾经想重写《兰亭序》，去掉那些涂改，可是，居然再也不能了。

当然不能了。

这是书法的可贵之处，不可能同一时间跨进同一条河流，这样哲学意义上的味道，让它更有了不可复制、不能再来的孤独美感。

虽然《兰亭序》如此之美，我却仍然迷恋这些更显生活之味的生活之帖。

王献之《鸭头丸帖》，“鸭头丸故不佳，明当必集，当与君相见”十五个字的便条，不过是抱怨丸药不好。《快雪时晴帖》，不过是说天气，下了雪，又放了晴。只短短几字，却看得人心里暖意盎然。这般情趣，这般滋味。而后人却盖了许多帝王玉玺，收藏印记，名家再题跋，有一种故弄玄虚之感，小题大做了。

那平凡生活，与书法相交，生出极玄妙又极生机盎然的味道。那俗世烟火中，书法以青竹的姿态，书写着人间的暖意。它的好处是，让日常与文字和书法有了一种莫名的交融，你说它俗吗？当然。《肚痛帖》，“忽肚痛，不可堪”，不被拘束，甚至有些幼稚和可笑，肚子痛也要写出来吗？张旭在书法家眼中是这样的：嗜好饮酒，常在大醉后手舞足蹈，然后回到桌前，提笔落墨，一挥而就，被人给了“张颠”的雅称。但他肚疼了，他不能忍了，于是，提笔写下这六字，以草书最放肆的形式，看后破涕。那肚子痛时，一定也很纠结。

这些可爱的帖，哪负责什么江山国事？哪负责万里江河澎湃？不空谈，只脚踏实地地写着：“苦笋及茗异常佳，乃可径来，怀素上。”这样的文字，清简如水，没有任何波折，连名带姓十四字，表达得足够清晰，以草书形式说笋极新鲜，可爱至极。

帖，是调皮的、生动的、可爱的，有一些百无聊赖，有一些茫然，有一些短暂的美妙。帖是一刹灵光，是飞扬，是随时写下的思绪、想法、情绪。关于生活之味、生活之美、生活之颓。

相比于那些长卷，我怎么就喜欢这些随意写下的散乱的文字呢？本来就是小便条，本来没想留下来。朋友看了，舍不得，就留下来了。被后人越来越珍重地收藏了，其实是失掉了一些意味的。

有时候观帖，看那密密麻麻的收藏印记，觉得可笑。写帖人只是随意而写，那些微不足道的小事，登得了大雅之堂吗？可是，流传下来，居然是民间里最让人觉得可亲可怀的世间喜悦。

看那些书法展，不喜那些豪华的装裱和灯光，更喜欢在幽暗的烛光下，翻看那些帖，吃了韭花，写个小帖，给朋友三百橘子，写下：“奉橘三百枚，霜未降，未可多得”，精简得让人心生怜爱。虽是后人模仿，可是，王羲之的行如流水，全在这些帖中，看得人心里全是对生活之爱。原来，他如我们一样，一生，都在这样鸡零狗碎的光阴中度过呀。哪有什么山高水远天高云淡，却原来，都是这样的百无聊赖和春光如麻，是低头那碗饭，天边那缕长风，是身上衫，身边人呀。

『茶亦醉人何必酒，书自香我何须花。』

最好的光阴大概是自己觉得最舒服、最习惯的日子：偶尔慢煮生活，偶尔人在旅途。诗书画相伴，猫相陪。偶尔旧友相见，秉烛夜谈。也柴米油盐，也琴棋书画。愿余生就这样一天天过，这样的日子，我爱。

啜茶帖

都过去了一千年了，他还是这么迷人，雌雄同体的迷人，笑傲江湖的迷人，不问西东的迷人，他真是个迷人的人。

我煮了千年古树红茶来搭配《啜茶帖》，一屋子软糯迷离的红茶气息，又放了南音听，一下子回到了北宋。

这篇文章刚开头，丁酉年一直企盼的雪开始飘，羞涩地下、拘谨地下，到后来，是浩浩荡荡地下、不管不顾地下、肆意飞舞地下。

面前的云竹、蓬莱松都抽了新枝，我接到老友微信："今日小雪，能饮一杯无？"当然能。如果在北宋，如果天也飘雪，苏轼会做什么呢？

饮酒、写诗、与故人约、啜茶……一千多年之后的我们，继续着这样的风雅。

宋朝也真是个迷人的朝代，我和很多文人聊天，他们无一不喜欢宋朝，那是个对文人极其宽厚甚至宠溺的朝代，那是中国人集体抵达审美巅峰的朝代。

尤其苏东坡。

一日听毕飞宇老师谈苏东坡，他说："也只有一个苏东坡，就那么一个苏东坡，再无二人。他出现在中国文化最丰厚、最有意蕴的一个朝代，他一个人的命运和艺术成就都是唯一。"

很多男人迷恋苏东坡，林语堂是其中之一，他洋洋洒洒写下了《苏东坡传》，这样评价自己心中的男神：“一个不可救药的乐天派，一个伟大的人道主义者，一个百姓的朋友，一个大文豪、大书法家，一个工程师，一个假道学的憎恨者，一个瑜伽术的修行者、佛教徒、巨儒政治家，一个皇帝的秘书、酒仙、心肠慈悲的法官，一个月夜的漫步者，一个诗人，一个生性诙谐爱开玩笑的人。”多迷人啊，说不清的迷人，综合的、立体的迷人，男女通吃的迷人。

男人们迷苏东坡，女人们也迷，其中包括我。他让人着迷的力量是不分性别的，他也是雌雄同体的。他是在最好的经度、纬度、深度、宽度、长度里纵横驰骋的。

也只有那么一个苏东坡了，李白少了他从政时的指点江山，杜甫少了他的幽默旷达，白居易少了他的纵横捭阖……

稍微打开他任何一面，都是巅峰，都让同代或后代的人望其项背。

诗词，千古流传，随便一句便是经典——拣尽寒枝不肯栖……大江东去浪淘尽……十年生死两茫茫……一蓑烟雨任平生……明月几时有，把酒问青天……

书法，《寒食帖》，中国行书第三，就那样成了标杆、尺度。

美食，从东坡肉、东坡肘子、东坡壶到东坡茶。历经坎坷、生死、大难，依然葆有对生活最大的热情，从来不减，每到一处都发现或发明最好的美食。

从政，官至高位，与王安石一争高下，虽四处流放，但不失品味、格调。苏轼也是中国官员中最阔朗达意的一位。

深情，对他爱过的女人都用情至深，无论王弗、朝云……不思量，自难忘。

中国男人想活成苏东坡，中国女人想嫁给苏东坡——这是一个艺术家酒后所说。我想和苏东坡当邻居，我爱喝茶，他也爱喝茶，闲着无聊了，就坐在一起喝个茶、聊个天、扯扯闲篇，哪有那么多惊天动地。传说苏东坡酒量一般，嗜茶如命。

宋代煎茶尤盛，我们现在的泡茶方式自明代开始。宋代煎茶什么样？很多茶艺师都表演过，我也喝过，我没喝出宋朝的味，因为宋朝有苏东坡吧。

东坡的书法名帖多，尤以《寒食帖》为最，但我挑了《啜茶帖》，因为觉得这个帖更多了人间情意和对茶的热忱。苏轼一生起落无常，但他对茶的钟爱，未曾减弱一分，他写过的茶诗是心头好——从来佳茗似佳人啊。

夜晚办公要喝茶——煮茗烧栗宜宵征；睡前要喝——沐罢巾冠快晚凉，睡馀齿颊带茶香；写诗创作更要喝——皓色生瓯面，堪称雪见羞……还有一首茶诗说明了他对火和水的讲究——活水还需活火烹，自临钓石取深情……

煎茶，成了他抚平心灵褶皱的方式。

我最喜欢的是这句：休对故人思故国，且将新火试新茶，诗酒趁年华。

茶书伴随了苏轼一生，茶滋润了他、熨帖了他，让他在不断绽放的过程中有所依、有所靠，禅茶一味，在茶中他得道，他成仙，他成了千古传奇。

宋朝的饮茶帖很多，最动人的莫过《啜茶帖》。宋代的艺术家（尤其书法家）几乎都嗜茶，苏黄米蔡，无一例外。

有一天，苏轼和司马光斗茶（在宋代，好像有事没事就斗个茶，是雅事雅趣，也是文人之间的一种美好生活的较量），苏轼白茶胜出。

司马光说："东坡有趣啊，茶白墨黑，茶重墨轻，茶新墨陈，你偏偏喜欢这两样东西。”

东坡说：“茶香、墨香都是香啊，是有滋有味的香，这个滋味，读书人都喜欢。”

苏轼有《啜茶帖》，黄庭坚有《奉同公择尚书咏茶碾煎啜三首》，米芾有《苕溪诗帖》，写他以茶代酒的故事，还有蔡襄的《精茶帖》。

在宋代，人们斗鸡、斗茶、焚香、弹琴、画扇……宋朝的审美达到了中国审美的巅峰。那雨过天青的雅致色彩，仿佛就是宋朝的颜色，那时的皇帝亲自任书画院院长，带领他的臣民用最清雅高级的审美，手绘他的千里江山。

那时最会喝茶的，当属苏轼。

“啜”这个字好，好长时间我都在想这个动词的丰富性。因为到福建后，几乎每个人都在喝茶，都在“啜”。前年，我去武夷山，在山顶喝肉桂、大红袍、水仙……全是在“啜”。

我“啜”得不好。

啜茶要吞入口中，先不能下咽，慢慢回味，在喝的时候发出咻咻的声音，这个声音福建人发得好，这种方式能让茶汤迅速吸入口中，让茶汤呈喷雾状散发在舌尖的味蕾上，偷得浮生半日闲，啜茶三杯忆适闲。

“啜”，其实是吸食，混合空气发出动人响声，如同音乐，如同茶在舌尖上跳舞，让这一口茶激起所有的想象和热情。

请看这动人的《啜茶帖》。

道源：“无事，只今可能枉顾啜茶否？有少事须至面白。孟坚必已好安也。轼上，恕草草。”

格外亲切的小纸条，或者说，给对方发了条微信：“道源兄，闲着也是闲着，来喝茶聊天啊，顺便我们讲一些只有当面才能说的事情，你儿子孟坚如何？想必一切都好。”

简直有家长里短的快意。

这种快意和烟火气，在苏东坡身上荡漾着，一生都有。这是公元一〇八〇年的小便条，千年前，我们的古人是多么有情趣，要喝茶、写诗、作画、斗茶、泼墨……

还有墨迹中的精神，用墨丰腴、自由挥洒、风神萧散，苏轼早年学“二王”，中年以后学颜真卿、杨凝式，形成飘逸空灵又高古的文人字，他形成了“苏体”，而写《啜茶帖》绝非是他闲适得意之时，而是被贬到黄州之后。这恰恰是我最敬畏苏东坡的地方，无论光阴和生活如何严厉甚至无情相剥，仍怀着赤子之心打理每一秒。

管它呢，啜茶。

那天苏轼和道源什么时候见的面，哪个时辰啜的茶，又聊了些什么八卦，我们不得而知，但我清楚他对茶疯狂的热爱，他为了煮好茶，去江中取活水，茶水沸开，人眼所见，是波浪飞旋，而耳边是松涛阵阵。我在南禅寺和佛光寺啜过茶、听过松涛，那是丁酉年七月，午夜时分，在大殿之下喝茶、听松涛，简直是世上最好的生活。

“大瓢贮月归春瓮，小杓分江入夜瓶。”以月色为茶饮，注清江水入瓶，浪漫又深情的苏轼，用一生来给我们惊喜，他的一生是别人的几世。

苏轼谪居宜兴蜀山时设计了一种提梁壶叫“东坡壶”，煎茶时，茶美、水美、壶美，缺一不可，我闲暇时谈《顾景舟传》，看大师做壶，就是文人气十足。茶道自唐宋到巅峰，日本僧人把茶道带回日本传播，中国唐宋时期的煎茶、抹茶至今在日本盛行。

不知道有没有提梁壶？

苏东坡在茶中的诗意足够分量："雪沫乳花浮午盏，蓼茸蒿笋试春盘。人间有味是清欢……"他的清欢太多，他心中热爱的太多了。有一次他写信给好朋友陈季常，看上人家的茶臼子，于是大年初二就迫不及待写信去，让这边的铜匠打造一个同款，或者有人去福建买一个来也好。

我真喜欢他迫不及待的趣味。

每每我也这样，看到好的器皿要问人家哪里购得？然后一家家去淘、去找，对细节和生活的热忱从未停息。

算来，我已收集了几百只茶盏，去世界各地旅行也是买茶盏，什么茶要配什么样的茶盏，倒也不是非要这样，但这样了觉得妥帖而舒适，如果再有一两知己，便是人生大幸。仕途不得意，终于有一天得见，一起喝禅茶。

年来病懒百不堪，未废饮食求芳甘。

煎茶旧法出西蜀，水声火候犹能谙。

相传煎茶只煎水，茶性仍存偏有味……

苏轼一生爱煎茶，到晚年流放到海南，天涯海角，饭都难以果腹了，仍在煎茶。

《汲江煎茶》就是这时候写的。

枯肠未易禁三碗，坐听荒城长短更。

这是茶之味，也是人生滋味。

煎茶的流程非常朴素：一只大碗或大盂，置于火炉上，烧开水，投进干茶，再沸，可以喝了。

茶人时延延煎茶煎得好。

那时的茶叶不是散茶，是茶饼，茶去青味，茶饼成小块，碾成粉末，筛细，再到沸腾的水上煎煮。有一点点似煮粥，如果在唐代还要放上各种佐料：花椒、八角……更像粥。

我去年在潮汕买了提梁壶和红泥炉，又置办了炭火，开始学习煎茶，居然有些宋朝味道。

临了几遍《啜茶帖》，下笔也想苏东坡。苏轼握笔是“倒卧笔”，他的学生黄庭坚把他的书法分了三个时期：早、中、晚，早期姿媚、中年圆劲、晚年沉着。《啜茶帖》是中年之帖，用墨丰满、骨力洞达，正是“无意于佳乃佳”。谈啜茶说起居日常，看似漫不经心，其实全是意味，丰秀雅逸之余，是中国文人的骨力和沉着冷静之气，却又怀着别样的深情。

这样的帖，更苏轼。

雪依旧洋洋洒洒地下。“晚来天欲雪，能饮一杯无？”恰是今日禅意。

老卢提了存了十五年的老酒，和我们去“蒸膳坊”喝酒吃饭，席间有书法家胡立民和袁爱民说起苏轼，他们说：“苏轼这样的天气也会吃茶吃酒，一定的。”

我吃完了酒，又啜茶，茶在我舌尖上藏着宋朝之味，简直妙不可言。

深秋真美啊！做饭的时候扭头看向窗外，一片金黄灿烂，像我中年的样子。今天早晨做了很多惊喜的饭：广式腊肠版的蛋炒饭、黄油嫩煎蛋、黄油烤燕麦吐司，以及原汁原味的葱香鲜百合溜青豆，最后来一份鲜切哈密瓜收尾。美好的秋天，总让我疑心自己的迟钝，为什么人到中年才发现秋天的好？

怀斯：忧郁得很老实

毫无疑问，我喜欢怀斯的画。喜欢得很肯定，喜欢得很入骨，喜欢得一点儿也不茫然。

其实我喜欢油画的主要原因是因为油画在画灵魂、画精神，而中国画，一直在画意境。灵魂到底比意境更远一些，更空灵一些，更接近于人的本质一些。

怀斯的画，这种本质更深隧。

我没有掩饰对怀斯的偏爱。

在阿城《跟着感觉走》这篇文章中，他写道："怀斯，是有忧郁症的，忧郁得很老实，并老老实实地画着自己的忧郁。"这句话也老实，老实地写出一个老实的人。

这种真实的忧郁形成了怀斯画中大面积的灰，像大面积在杀伤一个人，让人心里突然就会一疼，而且，疼得非常彻底。多数时候，我们害怕彻底：比如彻底地爱上一个人，彻底地迷恋一件事情，彻底地放弃或者倒下……都不够彻底。

怀斯画的这种彻底是让人绝望的，一点希望也没有了，一个女子孤独地走在孤单的雪地上，可以听得到她的靴子发出的吱吱的声音，可以看得到她的背影是寂寥的……她梳着麻花辫子，有着无法形容的动荡与潦草，我迷恋着那潦草！没有一个画家，画出了我这样潦草的内心。如果有，怀斯是唯一。

如果我是在仰望凡·高、高更、毕加索……那么我与怀斯，是不期而遇，是与另一个自己交谈、对视、相互信任，并且，在画里，与他，一见钟情。

哪个画家可以把灰色用得这样忧郁？一种致命的、细腻的灰色，遍布在他的画里。那春天的风和草都是灰色的，那雪后的草地也是灰色的……那灰里，又有一种坚硬，金属一样的东西，散着冷艳的光。

患忧郁症的人在艺术圈里有很多，在十九世纪，很多人得了一种奇怪的病。没有电，烛光散发出一种极其温暖又极其诱惑的光，那种黄多要命呀，而他们苍白的脸颊上有低烧的红晕，情绪既低沉又亢奋，甚至那微小的咳嗽都带着致命的弹力。

肖邦、帕格尼尼、济慈、蒙克、卡夫卡、勃朗特、契科夫、拜伦……那种叫肺结核的病让他们看起来更有一种迷离的气质，就像怀斯的画，因为他的忧郁，散发出一种幽微的，难以诉说的意味。

那是一种什么意味呢？不是年轻，不是纯洁，不是纠结，不是一意孤行。

而是有所怜惜，有所知道。

那知道，是一个人想让另一个人懂得，可是，又不想让他全懂。

就这样似是而非着，那似是而非中，有他的倔强和执着。怀斯很喜欢画他的妻子，那不是一个很美的女人，甚至可以说，顶多是中人之姿。

可是，在我看过的、所有的画家妻子中，她是最打动我的。

在她的眼神中，有一种轻微的轻蔑；在她的体内，有一极粗大的神经——没有人可以打倒她，爱情也不能。她自顾自地坚硬着，头发和眼神都很潦草，你会忽然痴迷于这种潦草。

很多人模仿过怀斯。

阿城说，模仿不对，是投契。

没有忧郁症的，如果模仿，就有点做作。

可也有画家，摸到了怀斯的骨头和脉络。

我在中国美术馆看何多苓的画时，惊讶他摸到了怀斯的骨头。

他画的草地，就有了一种意味。

那也是一个女子的背影，只不过，不如怀斯画中的女子孤单。因为她还年轻？因为她还充满期望？我不知道。她是坐在草地上的，倾斜着身子，仿佛在向远方倾诉着什么？而怀斯笔下走向远方的女子背影是一意孤行的，是绝望的，是没有留后路的。

何多苓也画过自己的妻子。

小翟，他管翟永明叫小翟。小翟和怀斯的妻子，这是两个可以相提并论的女子。

女诗人中，翟永明有一种特别忧郁的美貌。这种美貌好像是为画家何多苓准备的。他们曾经是夫妻，如果两个人不把艺术这种东西看成宗教，他们会幸福地生活下去。可是不，他们太懂得了，一个人，属于自己的必然是灵魂里的那点东西。短暂的爱与哀愁过去后，他们面对的，仍然是那一望无际的灰色、那灵魂里的灰色，于是，他们离散，顺理成章地离散。

但这并不妨碍彼此的欣赏和刺激起内心的那种表达欲望。在很多时候，我看着何多苓画的翟永明，总觉得有一种零落的破碎感。在怀斯的画中，这种破碎感到处都是。一片，又一片，放在人的心里，很疼。

怀斯的画，我最喜欢两张：《深草绿色外套》和《泛滥》，都是在画他的妻子。

那个背着棕色皮包走在雪地中的女子，多像我，就这样一意孤行走向了远方，把身后的东西远远地甩下了。我喜欢甩下！狠狠地甩下！

那张《泛滥》，虽然是一张他妻子的裸体，但莫迪里阿尼的裸体是色情的，而怀斯的裸体仍然是庄重的，带金属感的。

那明显是欢爱之后的女子，可是，仍然觉得她离爱情很远，带着恰当的距离。这种距离，对一个爱上画家或艺术家的女人来说，是多么必须。

她真硬啊，却闪烁着动人的光泽。有人说，太坚硬的女子离幸福很远，那些傻傻的女子会极容易幸福……你会选择哪一种？如果在少年，我选择前者；现在，我选择后者。

就像我喜欢怀斯的画，我痴迷于那画中的忧郁和离散之味，可是，我宁愿我的生活中远离这种忧郁，只在读画的时候，或者，写字的时候有淡淡的味道，足矣了。

朋友说我老了，我没有否认。

适时的老去，有一颗成熟而喜气的心，不是坏事。

如果能成为怀斯，就老实地忧郁着。如果不能，就沉下一颗心来，过自己上品的生活。

毕竟，人生的质感更加重要。

深秋的早晨放了埙曲儿《长相思》，幽幽咽咽的调子特别像深秋黄了叶子的树。熬了红枣小米粥，爆炒了酱香土豆丝，做了玉米面奶油小饼子，蒸了三鲜馅儿素包子。前几天在朋友家新摘的柿子软糯了，储存了八年的老白茶煮在喜欢的炉子上。我坐在桌前临帖，两只猫一左一右相陪。

又短暂，又破碎，又艳美

欣赏凡·高的画，没有一点心理的冷静很容易就会崩溃。

大片大片的杀伤力，用黄色、用燃烧、用心、用艳烈烈的火……就是要杀掉你，片甲不留，连喘息的机会都没有。

没有哪个画家把黄色用到了焚烧的地步。

没有哪个画家把命和颜料一起堆到了画布上。

他必立于时间之内，裹挟着时间，让时间的刺扎得他到处流血。他为时间收尸——用他的画，用他那要人命的黄色！

他画的罂粟花田，那些罂粟又招摇、又疯狂，仿佛知道是一场短命的爱情，拼命地红着，红得腰肢都快扭断了，有一种绝望的快感。

他画夹竹桃，也是扭曲的、变形的；向日葵，仿佛都在呻吟着。不，不是爱情的呻吟，而是孤独的呻吟。这一生，他都是一个行吟者，自己和自己孤独的对话。

高更是短暂的访者，短暂的美妙之后，是同类的争吵和反目——为了高更的这次到来，他甚至很欢快地打扫了屋子，并且画了一张卧室的画。

高更走后，他画了一张高更坐过的椅子。

一个人找到另一个自己，多难。那是一种萧瑟而孤寂的寻找，在这个过程中，始终荡漾着一种美妙而短暂的气息。不是爱情，胜似爱情。

但这一切如此短暂。

短暂到他们刚刚还是灵魂上最好的知音和同类，马上就因为艺术的分歧而各奔东西。

高更给了凡·高致命一击。

他最后去了塔希提，远离了都市，在三十五岁这年，他选择了另一种生活方式。而凡·高，选择了死亡。

多年之后，我了解了凡·高的自杀。

唯有死，可以靠近自己透明的灵魂；唯有死，可以看得到黄色中的美艳与哀伤。

看了他几十张自画像，他的眼睛总是带着绝望与苍凉。那是什么样的眼神？有多冷呢？带着初冬的寒霜——一个穷困潦倒的画家，一个卖不出一张画的画家。哦，不对，他卖出过一张，那张画，是他的弟弟提奥买走的。提奥一直资助这个为了画画快疯掉的哥哥，他是凡·高的弟弟，更是他的知己。

他那么冷，却又那么热。他把所有的温度给了画布，给了朝阳下的麦田——一个渴望温暖的人，才会有那么温暖的颜色。

他也画桃花，白灿灿的一片，很傻气地开着。有点不知所以，有点知道马上要颓败了，所以，努力地开着。看着很拥挤，像在一起取暖似的。

他笔下的落日，是金黄的。落日的前面，也是一片金黄，是麦田吗？像海子的诗，这个麦地诗人，也同样歌颂伟大而忧伤的麦子。他们异曲同工——所有孤独的灵魂都异曲同工，都有一种与生俱来的绝望和伤感。

甚至，你觉得有一种别致而温润的堕落。随时可能会毁灭，可是，随时可能会击中你。

那是凡·高个人的孤独与绝艳。与他人无关，与爱情也无关。

恰恰是因了这孤注一掷的投入，一百年后，他成了世界上最著名的画家；他的画，终于价值连城。无数人去荷兰，只为看一眼凡·高美术馆，而并非看那开满了郁金香的荷兰。

所有画家中，如果选择一个印刻灵魂的，只能是凡·高。他在时间之里，又在时间之外；他在画布之上，又在画布之下；他与时间为敌，节节败退。于是，他疯掉了。

他笔下的那种颓灿让人必以为他一定会神经错乱。

他果然进了精神病院。

在阿尔勒医院，他仍然画。

画阿尔勒医院的花园，仍然是那种拥挤的温暖。这是一个多么害怕孤单的人！可是，逃得开孤单吗？最难逃开的就是孤单。

在阿尔勒，在一八八九年一月，凡·高割下了自己的耳朵，并且把耳朵送给了一个妓女。那幅自画像里，他的眼神依旧是冷的，是安静的，好像知道自己时日不多，所以，沦落到凄艳了。我每次看，心里都扎着许多刺，动一下，就疼一下。

我最喜欢的凡·高的一张画，不是那张著名的《向日葵》，而是那棵《开花的杏树》。

大面积地开着花。

是杏树呀，苍老的虬干，开出一朵朵白色的杏花。背景是大片大片的蓝色，那蓝真安静，又真妖气；真凛冽，又真清凉。多像凡·高呀，他其实是个单纯的孩子，在自己的世界里用画笔游走着，安慰着孤清的心。心里越是清凉，笔下越是温暖。

那张《开花的杏树》，像爬满了夜空的一朵杏花，安静地睡着了。有一种破空而来的芬芳，一点点迷醉着自己。

他把自己也画成了一朵杏花，在安静的夜空中，独自开放着。而这种开放，有一种动人的凄伤。如若你真正孤独，你早早晚晚会爱上他。

因为他画出了世界上最孤独的那一刻，遇到的时候，感时花溅泪；而你离开的时候，恨别鸟惊心。

这个人，只能是文森特·威廉·凡·高。

他选择了孤独，你选择了他。

彼此，是唯一的、最美的选择。

破壁机里打上花生红枣粥，我站在窗前看秋雨，稍纵即逝的总是最好的光阴。

高不可攀的寂寞

有些寂寞，实在高不可攀。

看墨西哥女画家弗里达的一生，与爱情和病痛作斗争的一生，虽然太多行为看上去叛逆，但实在因为太寂寞——谁能理解她的疼痛与孤独，唯有那支画笔吧。

喜欢看她的自画像，那样冷艳、那样寂寥、那样不顾一切地狂妄……饱满的色彩与夸张的服饰，那张模糊的、美丽的脸，如此让人惊心动魄的忧伤。我是从看弗里达的画开始，认同这种高不可攀的寂寞。在电影中，弗里达在临终前说："我希望快些离世，而且，永远不再回来。"

毕加索的名画《拿烟斗的男孩》是世界上最珍贵的油画，1.04 亿美元的拍卖价至今仍然是天价。毕加索创作它时只有二十四岁，那时他刚到法国蒙马特高地，也许那时他还怀着一腔单纯的热情，也许还有许多纯粹的寂寞，所以，这幅画里，少年的寂寞也是那样高不可攀的寂寞。

几乎看到这张画的第一眼，我就被一种忧伤所侵略。

那是一种更安静、更彻底、更坚决的侵略！高不可攀的寂寞，绵延在这个少年的眼底 ，有什么比少年的寂寞更寂寞？他的蓝色衣服，这蓝色多么正确，多么恰当，多么惆怅，又多么哀伤！简单的样式，裹住一个稍显单薄的身体！连这单薄都如此完美！

不，不，这一切不足以构成寂寞。

是他的眼神，是他头上的花环，还有他手里的烟斗。

我喜欢他薄薄的嘴唇，有一丝不甘心和不屑，还有他的头发，花冠下的头发，淡淡的棕色，微微的忧伤。如此配合着少年的眼神。

他一只手垂下来，另一只手拿着烟斗。

他为什么不拿别的东西，而是拿了一只烟斗？这是油画的哲学意味，这是毕加索自己个人的魅力。

——也只有拿烟斗才能体现少年的那种无以诉说的孤单吧！

而他的背后，一面粉墙，粉艳艳的花，衬托出他蓝衣的惆怅，在繁花与少年里，有谁可以知道他的寂寞？

这是我最喜欢最迷恋的一张画，那么简单却又那么深邃，那么饱满却又那么萧索——我终于明白为什么我更迷恋油画，因为它厚重，更抵达内心，更让人觉得这世间的寂寞，有一种叫高不可攀。

有朋友是乡间中学教师。他喜欢阅读与画画，一个人在遥远的乡村里，远离繁华与虚荣。有一天，我接到他的短信，他说："喜欢在夜晚听鸟鸣叫，极少和人交往，只和自然对话，大量阅读，回归本身的宁静。喜欢看和听，极少说话，如果有一天失明了或聋了，那就回到内心渺小的光明和单纯。"

我知道，这世间必有一种人，以最单纯、最干净的态度，以植物的姿态，骄傲地寂寞着。我去过那个中学，简陋破旧，学校后面有一条长堤，在三四月间，大叶黄杨抽出枝芽。风吹来时，那些杨树像在跳舞，没有人欣赏，但它们跳的仍然是绝世的美。

还记得去深山古寺里看莲花，有决然的清静。

一个人，在深深的午后，穿白色衣衫，着轻鞋一双，穿过那些木鱼声去看莲花。

内心清凉而生动。

自知一生不可超越，有时候，抵达内心的狂热只有自己知道，那一刻，如生如死，淡定自然。满池荷花，化成欢喜，在光阴里，可以永远留存。那一分，那一秒，那一刹那，是高不可攀的寂寞，枝枝蔓蔓缠绕起来，记得时，心存感激。

也记得闹市，人声鼎沸，摩肩接踵。走在人群里，风吹起衣衫，素面薄颜，看灯红酒绿，看霓虹闪烁，此时的内心清凉，才更是难得。这种时刻如炼真金，多少年，才能修得。

记忆苍茫，那些瘦而清绝的记忆永远那么清新。其实有关寂寞才记得住，热闹总是短暂的，寂寞才是长的，而高不可攀的寂寞，那是一朵雪莲花，又清凉，又艳丽。

——请允许我有这样的奢侈，至少，向往这样的寂寞。

中年仍然似少年，怀着笃定的激情，眼神干净炽烈，永怀赤子之心。有时他们并不是在拍周迅或舒淇演的白衬衣少女，他们在拍一种渐次消失的情怀——有关青春、梦想、青涩、味道、气息……他们身体里一直有一根透明的、蓝色的骨头，招引他们一直向前、向前，那根始终都在的骨头，唤作『情怀』。

达利：作秀是为了艺术

欣赏达利，是从他的爱情开始的。

看他写的情诗是非常动心的，哪怕你不是他爱的女子。

但爱情给予每个人的心动是一样的。

“爱情是绿色小苹果组成的小雨……”天啊！达利！只有他，才有这样丰厚的想象，把爱情想象成绿色小苹果组成的小雨，落到了头上，吃了吧，甜蜜而酸楚。

一生中只爱一个女子的男子不多，特别是画家，记忆中只有两个，一个是达利，一个是夏加尔。夏加尔是可以理解的，那么忠厚的一个人，一生中画的女子只有自己的爱人贝拉，而且爱情题材也是他和贝拉，那飞起来的男人和女人，是夏加尔和贝拉。

可达利不一样。

达利不是一个老实的男子。

他有着丰富的性经验，更确切点说，有一段时间，他混迹于巴黎的妓院里，这个被马德里除名的学生，并不在乎在哪里。他扬言：“我有足够的妓院经验来生发我的色情想象。”

达利和夏加尔爱情不一样的地方在于，夏加尔一开始就纯洁，并且纯洁到了生命最后。而达利不同，达利不但混迹于妓院，还有花花公子的陋习，但是，他与卡拉一见钟情之后，一切改变了。

这个女子改变了他的爱情轨道。

从此他变成了一个好男子，坚贞不渝。

那时卡拉还是诗人保罗·艾吕雅的妻子。达利才不管那是谁的妻子，他和卡拉私奔了，从此，过上幸福的生活。

一个女人，成为他人生最幸福的拐点。

从某种意义上来说，是起到了纯粹剂的作用。所以，我更看好后者。达利更值得我品味，这样的男子，如此复杂，过尽了千帆，突然金盆洗手，干干净净、素素雅雅去爱一个人……那些前尘，不过是为了这饱满和干净做了铺垫。

于这样一个疯子而言，不是件容易的事情，可见爱情有时候的确能扭转乾坤。

这个过度迷恋甜食的男子，曾经也伤感地说："从童年时我就喜欢软弱、衰老和奢华。"这三点，他都有了，而和他最亲密无间的东西应该是赤铜一般的孤独感。那种孤独感多么巧妙地展现在他的画里，他把那些变形的东西扭曲了。

从画里可以看得出来，他的言行中更是如此表现。他说："我就是天才。"他出了一本日记，叫作《一个天才的日记》。大言不惭，从不谦逊。

他会作秀，而且会炒作。现在看来，他的炒作和作秀都帮了他的忙——他让人扛着二十米长的面包游行，而他则奇装异服……他有过度膨胀的虚荣心，也有绝世的才华。看过他的画，你会震撼：画，也可以这样画吗？

只有他可以，你不可以。因为，他的确是天才。

那变形的钟表，或者倒挂于树上，或者变了形，倒在枝丫上……那种软耷耷的表情，有点让人腻味，有点让人反感……可是，你得承认，他是唯一。

在达利的问题上，历来争执颇多。于艺术而言，争执绝不是坏事情，他的狂妄，他的自以为是，他的爱情，他大胆而变形的画……一切显得极为尊贵，一切又显得极为卑贱，并不矛盾。恰如爱情，最高贵，但如果爱一个人，就变得最卑微。

很多时候，我们厌恶达利，可在厌恶中又仰望他。

看达利的画时，常常有一种莫名其妙的包裹感，不知为何就这样被紧紧地包裹了。并不是心疼，而是惊得有些站不稳。怎么可以这样？就这样了。

中国美术馆曾经举办过一次达利的画展，万人空巷。很多人在走廊上拿着面包吃，一边吃一边说着达利。那年我不到三十岁，还怀着很多的梦想，是地道的文艺女青年。如果遇到达利这样的男人，我会义无反顾如卡拉一样与他私奔。他有着与生俱来的吸引力，像一个吸盘，牢牢地吸引住你。

现在不会了。这样的男人对我构不成任何的吸引力了，那种精神的放纵与流浪只适合艺术。对不起，我不是卡拉，我更愿意做一个低处的欣赏者，看着达利；而在真实的生活中，远离达利。

但达利仍然是唯一。

无论过去，现在，还是未来。

养猫之后，我知道这不仅是件人生乐事，
更是很美的生活选择。

高更：一个人的孤寂

高更说：“傲慢是一种过错，但是，也不能没有。”其实他并不知道，于他而言，傲慢不仅仅不是一种过错，而是一种必然和必须。

赏读高更，常常有一种错觉，疑心陡生：他真的是这样吗？舍弃了中产阶级的生活，奔了艺术而去？而且是在生了五个孩子之后？而且是在最好的年龄三十五岁？从此奔向塔希提？从此成了一个孤寒的人？热诚地把自己奉献给了绘画和孤独？

在绘画界，除了他，这样的舍弃，世上并无二人。

于我们而言，舍了这世上的繁华与奢侈，奔了凄冷和苦寒？想想就觉得很艺术，真正做起来，没有人去。

弘一法师曾经这样舍得，是为了修行；而高更，是为了艺术。

一八七三年，二十五岁的高更娶了丹麦中产阶级家庭的女儿梅特。并在十年内生育了五个孩子，他过着安宁而富足的生活，在有闲情逸致的时候画画、搞搞收藏。至少在别人看来，他是让人羡慕的中产阶级，小情小调，并且有凡·高这样的知音。除了痛苦，他仿佛什么都不缺。

一个人的孤寂可以召唤他去做什么呢？他最终属于艺术、属于绘画。这个背叛了家庭和富足生活的人终于离家出走了，去了最原始的塔希提。他去寻找自己，更是去寻找那种孤寂带给他的快感。

曾经有一个著名作家说过，真正的文学艺术，只能由疯子、隐士、异教徒、幻想家、反叛者创造……毫无疑问，高更是疯子、是隐士、是异教徒、是幻想家、是反叛者……和凡·高决裂之后，他们一个自杀，而另一个，去了原始的部落。

这种极端恰恰是一个天才所应该具备的，这种际遇也是他必然要遭遇的。

可以看出，高更的后期作品真安宁。我喜欢那丰满而镇定的女人，这些塔希提的女人生活在原始部落，没有见过世面，但却有着见过大世面的不动声色，那是大自然给予她们的禀赋。

在塔希提岛，生存着如同在原始部落的一群人，那些原住民有着黑色的皮肤、粗犷的身体，他们嘴唇厚实，身体丰满，语言简单扼要……但是，有着最原始的动力，那种动力是什么？是一种野生的旷味。后来，高更娶了一个塔希提岛的女孩子做妻子，安静地享受着这原始带给他的滋润与营养——他把花花世界彻底抛弃了，是他不要它们了。

写到这里时，我内心充满了多么美好的动荡和崇拜。可是，我们不会去，因为我们有着最世俗的心，想过这人世间富足而饱满的生活，然后在这基础上谈谈爱情和艺术。如果要沦落到高更这样饥寒苦迫，我们不，绝不。

这就是高更。

内心孤绝而一意孤行的高更。

“塔希提岛的夜晚静谧得让人惊异，连针尖落地的声音都没有……原住民们赤着足，他们行走的时候宛如幽灵。”我无比迷恋这样的描述，像现在的人流行去巴厘岛，那只是一种流行。而高更是生活在那里，和当地人一样，赤着足，看着那些朴素的男人们和女人们，像生活在自己的伊甸园中一样。

那些画中的女人，多么美妙，粗壮而细腻，像我们的地母。古铜色的皮肤、苹果绿的眼神、艳丽的衣衫，远远比许多画家画出的女子更纯粹。不，一点也不色情。这样的画，看后仍然是饱满和干净的，像看到了丰厚的秋天，充满着一股说不出的力量，那些最罕见的东西荡漾着，在画布上，也在心里。

有人常常把高更和凡·高放在一起比。

不一样。高更怀揣的是温暖的孤寂，他毕竟有过中产阶级的生活，这样的逃离带着一种把世界抛弃的快感。而凡·高，是世界不要他了，他仓皇而逃，因为这个世界带给他的，除了伤害还是伤害。

尽管他们都这样孤独。

在阿尔勒，他们曾经会面，没有人具体知道这两个天才说了什么、做了什么，大家只看到凡·高在热烈地准备着，迎接高更的到来。但最后的结果是不欢而散，甚至是分道扬镳。可是，不妨碍我同样认同这两个天才的画家。

只不过，他们一个是天上的天才，凡·高属于天上。一个是地上的天才，高更脚踏实地，把塔希提踩了一个大坑，隔了一百年看，仍然让人掉下去，而且，永远不愿意再上来。

这是高更的魅力，也是艺术的魅力。

图书在版编目（CIP）数据

山河映画 / 雪小禅著. -- 南京 : 江苏凤凰文艺出
版社, 2021.11
ISBN 978-7-5594-6290-9

Ⅰ. ①山… Ⅱ. ①雪… Ⅲ. ①散文集 - 中国 - 当代
Ⅳ. ①I267

中国版本图书馆CIP数据核字(2021)第194691号

山河映画

雪小禅　著

责任编辑　周颖若
特约编辑　孙文霞　刘文文
装帧设计　QQ:974364105
出版发行　江苏凤凰文艺出版社
　　　　　南京市中央路 165 号，邮编：210009
网　　址　http://www.jswenyi.com
印　　刷　北京中科印刷有限公司
开　　本　710 毫米 ×960 毫米　1/16
印　　张　18
字　　数　230 千字
版　　次　2021 年 11 月第 1 版
印　　次　2021 年 11 月第 1 次印刷
书　　号　ISBN 978-7-5594-6290-9
定　　价　59.80 元